Diogenes Taschenbuch 21011

de
te
be

Georges Simenon

Die schwarze Kugel

Roman

Deutsch von

Renate Nickel

Diogenes

Titel der Originalausgabe:
›La boule noire‹

Eine erste deutsche Übersetzung erschien
1962 unter demselben Titel.
Umschlagfoto: Wilfried Bauer

60/92/8/2
ISBN 3 257 21011 6

1

Das Vibrieren des kleinen Rasenmähermotors übertrug sich auf Higgins' Arm und von dort auf seinen ganzen Körper, so daß er das Gefühl hatte, nicht mehr im Schlag seines eigenen Herzens, sondern im Takt der Maschine zu leben. In der Straße liefen gleichzeitig noch drei ungefähr ähnliche mit demselben aggressiven Geräusch; manchmal setzte bei einem der Motor aus, und wenn jemand aufhörte, waren andere etwas weiter weg im Viertel zu hören.

Es war Anfang April. Es war acht Uhr abends. Es war noch nicht Sommer und nicht mehr Winter, nicht Tag noch Nacht. Der Himmel hatte eine gleichmäßige, noch helle Färbung, vielleicht ein blasses Blau, vielleicht aber auch das Grau der Dämmerung, auf dem sich das grelle Weiß des spitzen Turms der katholischen Kirche abhob. Wäre er ein kleiner Junge gewesen, hätte Higgins dies einen Abend mit Weltuntergangsstimmung genannt, aber er war kein kleiner Junge mehr, er war fünfundvierzig Jahre alt, hatte eine Frau, vier Kinder und war wie die meisten Männer um diese Zeit damit beschäftigt, den Rasen um sein Haus zu mähen.

Die Fenster im Erdgeschoß waren schon erleuchtet, und wenn er hinter seiner brummenden Maschine an ihnen vorbeilief, hörte er, wie Geschirr gespült wurde.

Jener Abend war ein wichtiger, bedeutsamer Abend

für ihn, aber keiner außer ihm ahnte etwas davon, nicht einmal Nora und Carney, der immerhin sein Mitwisser war und ihn jeden Augenblick anrufen würde.

Es war zu früh, um schon etwas zu hören. Higgins wußte nicht genau, wie das dort unten vor sich ging, doch Bill Carney hatte es ihm ungefähr erzählt.

»Das Aufnahmekomitee kommt immer am ersten Dienstag im Monat zusammen.«

Higgins war erstaunt und besorgt gewesen.

»Bewerben sich jeden Monat Kandidaten?«

»Nicht unbedingt.«

»Und trotzdem tritt das Komitee zusammen?«

»Man trifft sich an der Bar. Man trinkt ein Glas oder auch zwei. Einer fragt:

›Steht heute abend etwas an?‹

Und der Sekretär antwortet:

›Eine Bewerbung.‹«

Wenn Higgins die Prospect Street etwas weiter hinaufgegangen wäre, knapp hundert Meter, hätte er ein Stück vom See und am Ufer die langen schiefergedeckten Häuser des Country Club sehen können. Er war zweimal hingegangen und hatte dort Golf gespielt, weil Bill Carney ihn eingeladen hatte. Er erinnerte sich vor allem an die Garderobe, die nach nassen Schuhen roch, und an die Bar mit dunkler Eichentäfelung und schwarzroten Holzschnitten, die eine Treibjagd darstellten. Der Barkeeper, ein rothaariger Typ mit makellos weißer Weste, hatte ihn nicht weniger beeindruckt, und Higgins hatte Carney um die Lässigkeit beneidet, um die Geste, die genügte, damit ihm sein Lieblingswhisky serviert wurde.

Gegen drei Uhr heute nachmittag hatte er Carney unbedingt in der Apotheke anrufen müssen.

»Hier Walter.«

Warum war es ihm so vorgekommen, als ob sein Freund ihm nicht so bereitwillig wie gewöhnlich antworten würde, seine Stimme weniger herzlich sei? Vielleicht machte er sich unnütze Sorgen? Der Apotheker war über sechs Fuß groß und wog um die zweihundertfünfzig Pfund, hatte blaue Augen und den hellen Teint eines Säuglings. Wenn man ihn sah, konnte man sich vorstellen, daß er auf dem College zur Rugbymannschaft gehörte. Er war immer fröhlich und leutselig, jemand, der einem freundschaftlich auf die Schulter schlägt, daß man fast zusammenbricht und den man sich nur schlecht ohne die ewige Zigarre im Mund vorstellen konnte.

»Entschuldige, alter Freund, wenn ich dich im Laden anrufe . . .«

»Schon recht. Was gibt's?«

Hatte er es schon vergessen?

»Es ist wegen heute abend. Glaubst du, sie findet statt?«

»Warum soll die Versammlung nicht stattfinden?«

»Ich weiß nicht. Ich meine, wenn einige Mitglieder des Komitees keine Zeit haben . . .«

»Es genügt, wenn es bei der Abstimmung vier sind.«

»Seid ihr vier?«

»Fünf.«

»Bestimmt?«

Er hatte weitergefragt:

»Wann, glaubst du, weißt du das Ergebnis?«

Es war dumm von ihm, Bill Carney in seinem Drugstore zu belästigen, wo er sicher damit beschäftigt war, ein Rezept zu präparieren, oder wo er vielleicht mit einem Kunden redete. Das war's! Bill war so wenig auf ihn eingegangen, weil er mit einem guten Kunden redete. Das ging ihm manchmal genauso.

»Das kann ich dir nicht genau sagen. Das läuft unter Freunden ab. Unsere Zusammenkünfte sind nicht auf die Minute festgelegt wie ein Radioprogramm. Bist du zu Hause?«

»Den ganzen Abend. Ich rühre mich nicht von der Stelle.«

Warum mußte er noch hinzufügen, mit einer Stimme, die vor Selbsterniedrigung zitterte:

»Bist du zuversichtlich?«

»Ich habe dir schon gesagt, daß die Sache so gut wie sicher ist.«

Und nun war er ohne einen bestimmten Grund niedergeschlagen, vielleicht war es wegen der Tageszeit, diesem Licht wie aus einer anderen Welt, das über der Stadt lag, die leer oder wie ausgestorben zu sein schien; nur ein paar Fenster waren erleuchtet und das Hin und Her der lauten Motoren war zu hören. Als er seine Frau sah, die mit einem Topf in der Hand an der Küchentür stand und ihm Zeichen machte, stellte er den Motor ab und fühlte sich so erleichtert wie beim Zahnarzt, wenn der Bohrer nicht mehr in einem kranken Zahn herumbohrt.

Er war zu weit weg von ihr, als daß sie ihm zurufen konnte, was sie wollte, und zeigte nur zum ersten Stock des Hauses hinauf. Das hieß, daß Isabel, die Jüngste, noch nicht schlief und nach ihm verlangte. Er ging ins Haus, durch das Wohnzimmer, in dem Archie, der Dreizehnjährige, über seinen Schulaufgaben saß.

»Sie ruft schon seit einer Viertelstunde nach dir, Dad.«

»War Mama nicht oben?«

»Sie will dich.«

Nach drei Jahren sah das Haus immer noch wie neu aus, und Higgins hatte sich immer noch nicht eingelebt. Er ging die Treppe hinauf und fand die Tür bei Isabel halb offen. Das Mädchen lag im Halbdunkel mit offenen Augen auf dem Rücken.

»Warum willst du nicht schlafen?«

»Ich brauche noch einen Gutenachtkuß.«

»Du hast mich schon zweimal gerufen.«

Etwas in dem ruhigen Blick der Kleinen, die erst sechs war, verwirrte ihn immer, als ob er ihr gegenüber ein schlechtes Gewissen hatte.

»Versprichst du mir, dann zu schlafen?«

»Wenn ich kann.«

»Du kannst, wenn du willst.«

»Ich brauche noch eine Geschichte.«

Sie »mochte« nie dies oder jenes oder »hatte Lust« auf etwas: Sie »brauchte« etwas.

»Ich habe dir schon eine Geschichte erzählt.«

»Sie war nicht lang genug.«

Resigniert setzte er sich auf die Bettkante und überlegte, welches neue Abenteuer Schweinchen Pic erleben könnte, das er unglücklicherweise erfunden hatte, als sie einmal Fieber hatte. Das war vor einem Jahr gewesen, und seitdem mußte er ihr jeden Abend eine neue Geschichte von Pic erzählen, so daß es ihm jetzt schon Unbehagen bereitete, wenn er aus dem Geschäft nach Hause ging und daran dachte.

»Mach die Augen zu.«

»Erst wenn du angefangen hast.«

Sie konnte nicht wissen, daß es kein Abend wie alle anderen war, daß ihn das Warten vor Nervosität krank machte und er vorhin bei Tisch nur mit Mühe etwas hinunterbekommen hatte.

Es war jedoch wichtig, für sie, für seine ganze Familie, für seine Frau und die vier Kinder.

Auch Nora, die unten mit dem Abspülen fertig war, ahnte nichts. Voriges Jahr hatte er ihr verlegen, ohne eigentlich zu wissen, warum er verlegen war, gesagt:

»Ich bewerbe mich beim Country Club.«

Es war ungefähr zur gleichen Tageszeit, aber im Mai, zwei oder drei Tage nach dem Geburtstag der Ältesten gewesen, er erinnerte sich noch gut daran. Sie saßen vor dem Fernseher, den sie sich vor kurzem gekauft hatten. Die drei jüngsten schliefen schon. Florence war ausgegangen. Zuerst hatte er geglaubt, Nora habe ihn nicht gehört, denn sie hatte nichts gesagt, hatte nicht zu ihm hinübergeschaut.

»Ist das alles, was du dazu zu sagen hast?«

»Wenn du es für nötig hältst . . .«

Er war rot geworden, wie vorhin, als er mit Carney telefonierte. Es demütigte ihn immer, so zu erröten, denn er fühlte sich nicht im Unrecht, tat nichts Schlechtes, sondern tat im Gegenteil alles, was in seinen Kräften stand, um seine Familie glücklich zu machen und für die Zukunft abzusichern.

Er hatte ihr einen langen Vortrag gehalten. Das war auch eine Eigenart. Auch mit den Kunden, vor allem mit denen, die wegen einer Reklamation zu ihm kamen, redete er immer zuviel, und auch wenn er es wußte, konnte er nicht anders.

Zunächst, so hatte er ihr erklärt, könnten nicht nur er und seine Frau, sondern auch ihre Kinder im Sommer am Privatstrand des Klubs baden und müßten nicht mehr an dem überfüllten öffentlichen Strand herumwaten.

Im Klub gab es auch Ruderboote, die den Mitgliedern zur Verfügung standen.

»Du weißt genau, daß alle ihr eigenes Boot, manche sogar zwei oder drei haben.«

»Was hindert uns daran, auch ein Boot zu kaufen?«

»Wir müssen noch zwölf oder dreizehn Jahre das Haus abbezahlen.«

»Das geht allen genauso ...«

Sie war nicht weiter darauf eingestiegen. Die Wochen waren vergangen. Eines Abends war Bill Carney vorbeigekommen und hatte ihm die schlechte Nachricht überbracht: Ein Mitglied, man wußte nicht wer, sicher ein Griesgram oder Neider, hatte eine schwarze Kugel in den Abstimmungsbeutel gelegt. Man brauchte aber alles weiße Kugeln, eine einzige schwarze genügte, um den Bewerber abzulehnen, der immerhin das Recht behielt, sich im folgenden Jahr noch einmal zu bewerben.

Er hatte Nora nichts davon erzählt. Ob sie Bescheid wußte? Ob Carney oder jemand anders es ihr gesagt hatte? Er hatte die Rede nicht mehr auf den Klub gebracht und dieses Jahr erst nach langem Zögern beschlossen, sich ein zweites Mal zu bewerben.

»Glaubst du, ich habe eine Chance, Bill?«

»Potzblitz! Vor allem jetzt, wo der Oberst nicht mehr im Komitee sitzt.«

Er meinte damit Whitefield, einen pensionierten Obersten, dem das schönste Anwesen in Williamson gehörte und der im Klub nur die wenigen Familien sehen wollte, die schon seit mehreren Generationen in der Gegend wohnten.

»Man hat ihn zum Vorsitzenden des Festausschusses gemacht. Die werden eine Freude haben!«

»Es macht dir doch nichts aus, noch einmal mein Bürge zu sein?«

»Es ist mir eine Ehre, mein Bester. Du kannst dich auf mich verlassen.«

Ob jene da unten am Ufer des Sees ahnten, daß er, während sie über sein Schicksal berieten, die Geschichte eines kleinen Schweinchens namens Pic erzählte?

»Eine lange, Dad!«

Er fuhr zusammen, als auf der Straße ein Auto vorbeifuhr und ganz in der Nähe hielt, denn er dachte, es sei Bill, der die Antwort überbrächte.

»So, Isabel. Die Geschichte ist aus. Pic ist schlafen gegangen. Und du schläfst jetzt auch.«

»Ja, Dad.«

Er war ihr gegenüber nicht ungerecht, wenn ihm diese Bewerbung nicht aus dem Kopf ging. Sie war wichtig für die Stellung der Familie in der Gesellschaft von Williamson und der Gesellschaft überhaupt. Florence, ihre Älteste, hatte nur eine Freundin, noch dazu immer die gleiche, und das war nicht normal für ein achtzehnjähriges Mädchen. Sie hätte dann mehr Gelegenheit, sich abzulenken. Sie machte ihm oft Sorgen. Er sprach darüber nicht mit Nora. Nur selten redete er mit seiner Frau über seine Sorgen, er fragte sich warum, denn zweifellos galten sie als das harmonischste Paar in der Umgebung.

Ob sie ihm ihrerseits alles gestand, was ihr durch den Kopf ging?

Er nahm es nicht an, seit dem Tag, da sie erfahren hatte, daß sie wieder schwanger war, obwohl sie schon drei Kinder hatten, von denen der Jüngste, Archie, damals sieben Jahre war. Sie war 39 Jahre alt gewesen, und keiner von beiden hatte an weiteren Familienzuwachs gedacht.

Nora liebte Kinder. Sie hatten nie etwas unternommen, um keine Kinder mehr zu bekommen. Täuschte er sich in der Vermutung, daß sie jene Schwangerschaft eher resignierend denn freudig aufgenommen hatte und sie sogar, ohne es vielleicht zu wissen, nahe daran gewesen war, es ihm übelzunehmen? Sie sprach Isabels Namen nie so aus wie den der anderen, und es kam sogar vor, daß sie, wenn sie von ihr redete, sagte:

»*Deine* Tochter.«

Ob Isabel es nicht spürte? Ob sie sich nicht deshalb zu ihrem Vater hingezogen fühlte?

Nun war Nora mit fünfundvierzig Jahren wieder schwanger, und diesmal war sie sichtlich verlegen darüber, nicht nur wegen der Nachbarn, sondern auch gegenüber den älteren Geschwistern, als ob sie etwas Schändliches oder Unanständiges getan hätte. Florence hatte keinen Kommentar dazu abgegeben, als sie die Neuigkeit erfuhr. Sie schaute ihren Vater nur an mit einer Art Verachtung, die sich nicht allein auf ihn bezog, sondern auf alle Männer. Ihr Bruder Dave, sechzehn Jahre alt, hatte gerufen:

»Noch eins! Hoffentlich schläft es nicht in meinem Zimmer!«

Als Higgins herunterkam, stand Archie vor dem offenen Kühlschrank und machte sich ein Sandwich, bevor er ins Bett ging.

»Bist du draußen fertig?« fragte Nora.

»Nicht ganz.«

»Arbeitest du heute abend?«

»Ein oder zwei Stunden.«

Auch das war nur schwer zu erklären, und vielleicht verstand sie auch das nicht. Als Leiter des Supermarket mußte er lange arbeiten; manchmal fing er um sieben Uhr oder auch um sechs Uhr morgens schon an, wenn wichtige Lieferungen kamen, und war selten vor sieben Uhr abends fertig. Die Angestellten, die Kassiererin, die Verkäuferinnen arbeiteten ihre acht Stunden. Er nicht. Auch heute hatte er nach Ladenschluß dableiben müssen, denn morgen hatten sie einen Werbeverkauf für eine neue Schuhcreme. Selten verging eine Woche ohne einen Verkauf dieser Art. Zuvor kam ein Vertreter mit seinem Reklamematerial, und ein oder zwei Regale im Laden mußten nach einem ganz bestimmten Plan umgebaut werden.

Der letzte hatte sich beinahe geärgert, als alles fertig war.

»Gehen wir einen trinken?« hatte er vorgeschlagen.

Er zeigte zu Jimmie's Tavern hinüber, die ihr rotes Neonschild lange vor Einbruch der Dunkelheit anmachte.

»Danke. Ich trinke nicht.«

»Nie?«

»Nie.«

»Diät?«

Er sagte schließlich ja, damit die Leute nicht weiter fragten. Es stimmte nicht. Er hatte noch nie in seinem Leben getrunken. Er wollte nicht trinken, und das nicht nur, weil er vor einigen Jahren den Methodisten beigetreten war.

»Aber eine Zigarre?«

Die Vertreter haben alle Taschen voll mit Zigarren, die sie einem anbieten wie ein Trinkgeld. Sie wollen einen damit weniger bestechen als vielmehr günstig stimmen, ihre Produkte an den Mann zu bringen.

»Ich rauche auch nicht.«

War es so außergewöhnlich, daß er nicht rauchen wollte? Und daß er, wenn ihm einer der Vertreter ein Geschenk machen wollte, manchmal Geld, höflich, aber bestimmt ablehnte? Auch er war schließlich nur ein Angestellter, ein Angestellter in einer Vertrauensstellung, der verantwortlich war für eine der über hundert Filialen des »Supermarket Fairfax«. Er hatte ganz unten angefangen, die Fußböden geputzt und später Bestellungen ausgetragen, nicht hier, sondern in Oldbridge in New Jersey, wo er geboren war.

Man hatte ihm die Leitung eines Ladens übertragen, weil man wußte, daß er fleißig und ehrlich war.

Und die andere Aufgabe, die er sich freiwillig nach

Feierabend aufgeladen hatte, war auch nicht umsonst. Er gehörte zur Gemeinde Williamson. Wenn er auch nicht zu den bedeutendsten Persönlichkeiten zählte, galt er doch etwas, und die Rotarier hatten dies begriffen und ihn zum stellvertretenden Sekretär ernannt. Man hatte ihn auch ersucht, in das Komitee der Arbeitsgruppe für den Schulhausbau einzutreten, und er hatte den Posten eines Kassenwarts angenommen, der ihn mindestens zwei Abende in der Woche kostete.

Er suchte keine Ehrenämter, als Präsident oder Vizepräsident, die zu Recht anderen zustanden, doch tat er sein Bestes, um sich nützlich zu machen, und jeder wußte, daß man sich auf ihn verlassen konnte.

»Gute Nacht, Dad.«

»Gute Nacht, mein Sohn. Ist Dave noch nicht nach Hause gekommen?«

»Mama hat ihm erlaubt, ins Kino zu gehen.«

»Und Florence?«

»Sie ist bestimmt bei Lucile.«

Florence arbeitete seit einem Jahr auf der Bank in Williamson, in die sie kurz nach Abschluß der High School eingetreten war. Seitdem wußte ihr Vater noch weniger als vorher, was in ihr vorging, und sie machte auf ihn oft den Eindruck, als gehöre sie gar nicht zur Familie. Sie schlief zu Hause, aß dort meistens, aber genauso hätte sie es auch in einer Familienpension getan. Ihre Mutter schien sich darüber keine Gedanken zu machen.

»Ich mache den Rasen fertig«, sagte er beim Hinausgehen.

Im Halbdunkel konnte er nicht mehr richtig arbeiten, und die kleinen Maschinen ringsumher waren auch still. Er schob den Rasenmäher in die Garage, in der er sich hinten eine Werkstatt eingerichtet hatte. An diesem Ort im Hause fühlte er sich am wohlsten, vielleicht, weil er nicht mehr so neu aussah wie alles übrige.

Auch darüber . . . Aber wozu auch? Seine Frau war nie begeistert gewesen bei dem Gedanken zu bauen, weil sie an ihren Gewohnheiten festhielt. Das frühere Haus unten in der Stadt war bequem. Doch wen hatte man als Nachbarn? Wer wohnte in ihrer Straße außer Arbeitern der Schuhfabrik, die beinahe alle ausländische Namen hatten?

Die Kinder spielten auf der Straße. Nora paßte vom Fenster aus auf sie auf. Man brauchte kein Auto, um in die Main Street zu kommen.

Er hatte den Entschluß gefaßt, den er fassen mußte, dessen war er sich sicher. Nora hätte in ein paar Minuten oder in einer Stunde den Beweis, sobald endlich das Telefon klingeln oder Carneys Auto vor der Tür halten würde. Er hatte heute ein bißchen gemogelt. Zuerst war er am Spätnachmittag in den Spirituosenladen neben dem Supermarket gegangen. Er gehörte zur gleichen Kette und unterstand derselben Verwaltung, doch befand sich der Laden in einem angrenzenden Gebäude und hatte einen eigenen Geschäftsführer.

»Geben Sie mir eine Flasche Champagner, Mr. Langroll.«

Er rechnete damit, daß der andere erstaunt war, und hatte eine scherzende Miene aufgesetzt.

»Ich will damit Freunde, zumindest einen Freund überraschen.«

»Möchten Sie französischen Champagner?«

»Den besten, den Sie haben.«

Er war für Bill Carney, wenn er mit der Nachricht käme, denn auch wenn er anrufen würde, würde Higgins ihn bitten, einen Augenblick vorbeizukommen. Nora, die erst zwei- oder dreimal in ihrem Leben Champagner getrunken hatte, würde vor Freude strahlen. Er hatte ihr nichts erzählt, hatte die Flasche im Auto gelassen und im Eisschrank Eiswürfel geholt.

»Was machst du mit dem ganzen Eis?«

»Das erzähle ich dir später.«

Jetzt lagen der Champagner und das Eis in einem Eimer unter seinem Werktisch. Er hatte sich gefreut, als er ihn dort hingestellt hatte. Warum kamen ihm, je länger es dauerte, immer trübere Gedanken?

Vielleicht einfach deshalb, weil er müde war? Er hatte sich den ganzen Winter schlapp gefühlt und eine Bronchitis gehabt, die er nicht ganz auskuriert hatte. Das ging ihm oft so. Eigentlich hatte er sein ganzes Leben, soweit er zurückdenken konnte, mehr als andere gearbeitet. Er hatte sich nie darüber beklagt. Er war stolz darauf. Es bereitete ihm eine innere Genugtuung, die er nicht hätte erklären können.

Auch seine Frau hatte jetzt, mit den vier Kindern und dem Haus, das für sie beinahe zu groß war, um es zu bewohnen, alle Hände voll zu tun. Sie beklagte sich auch nicht, aber das war etwas anderes. Sie hätte anders leben können. Vielleicht hätte sie gern anders gelebt? Er nicht.

Er bückte sich, um die Flasche in die Hand zu nehmen, und dabei ging das nasse Etikett, auf dem französische Worte standen, ab. Er würde es vor dem Öffnen wieder draufkleben, sonst meinte Carney, es sei kalifornischer Champagner.

»Hast du die Garage zugeschlossen?«

»Noch nicht. Ich muß gleich noch einmal hinaus.«

Sie fragte nicht, warum. Sie war keine Frau, die ihn mit Fragen belästigte. Manchmal wäre ihm lieber gewesen, sie hätte mehr gefragt, und manchmal überlegte er, ob sie zu Anfang auch so gewesen war. Das war schwer zu sagen, denn zu Anfang hatte er sich keine Fragen gestellt, überglücklich darüber, daß sie eingewilligt hatte, ihn zu heiraten.

Sie kam nicht aus Williamson, sondern wie er auch aus Oldbridge in New Jersey. Es war noch keine zehn Jahre her, daß er nach Williamson versetzt worden war. In seiner letzten Stellung in der Filiale in Oldbridge war er Abteilungsleiter für Obst und Gemüse gewesen und, noch lange bevor Nora ihn geheiratet hatte, Laufbursche.

Sie waren auf der High School zusammen in die gleiche Klasse gegangen. Sie kannte ihn also und konnte sich über ihn keine falschen Vorstellungen machen. Solange sie Klassenkameraden waren, wäre Higgins nie auf die Idee gekommen, sie einzuladen und mit ihr auszugehen.

Noras Familie war nicht reich. Ihr Vater, Lagerist in einer Eisenwarenhandlung, hatte ein paar Jahre zuvor seine Frau verloren, wieder geheiratet und hatte in der zweiten Ehe zwei kleine Kinder.

Nora gehörte zu den beliebtesten Mädchen in der Schule und auch zu den hübschesten und intelligentesten. Die Jungen stritten sich darum, wer mit ihr ins Kino oder zum Tanzen gehen durfte, und sie ging lange mit diesem oder jenem aus, ohne sich für einen zu entscheiden. Dann hatte sie sich plötzlich für Bert Tyler entschieden.

Higgins konnte an diese Erinnerungen rühren, ohne eifersüchtig zu werden. Wenn Tyler auch ein ziemlicher Taugenichts war, war er doch ein hübscher Junge, während er selber einen großen Kopf mit einem nichtssagenden Gesicht hatte und von einer Unbeholfenheit war, die er bis heute nicht verloren hatte.

Er bewunderte Nora, ohne wirklich verliebt in sie zu sein. Er begnügte sich wie seine Kameraden damit, Bert zu beneiden, wenn sie die beiden im *hot rod* des Jungen vorbeifahren sahen.

Als sie die Schule abgeschlossen hatte, ging Nora nach New York, Tyler seinerseits war aus dem Kreis verschwunden.

Warum war sie nach Oldbridge zurückgekommen? Warum war sie, als sie eines Tages im Supermarket einkaufte, Higgins beinahe um den Hals gefallen?

»Immer noch hier, Walter?«

»Aber ja.«

»Zufrieden?«

»Es sieht so aus, als ob ich befördert werde.«

»Mit wem gehst du?«

»Mit niemand.«

Er war rot geworden. Sie hatte es bemerkt, aber trotzdem weitergeredet:

»Vielleicht hast du irgendwann abends mal Lust, mit mir ins Kino zu gehen?«

Bert Tyler wurde nie wieder in Oldbridge gesehen. Seit dieser Zeit hatte Higgins nie wieder über ihn reden gehört.

Es dauerte über ein Jahr, bis sie heirateten, und sie war es, die darauf bestand, als er einwendete, er würde nicht genug verdienen für zwei.

Jetzt waren sie zu sechst, das siebte war unterwegs, und sie wohnten in einem neuen Haus im besten Viertel von Williamson. Hatte er gut gearbeitet, ja oder nein? Gaben ihm die Tatsachen nicht recht?

Warum fing er in diesem Fall plötzlich als erwachsener Mann mit fünfundvierzig Jahren an, Unrecht zu haben? Nora würde sich als erste freuen, wenn Bill Carney ihnen gleich die Neuigkeit eröffnen würde. Er mußte nur einen klaren Kopf behalten und vor allem nicht zu nervös werden, denn dann gingen ihm Gedanken durch den Kopf, über die er sich später schämte.

»Immer noch der Schularbeitskreis?«

»Ja.«

Er hatte sich im Living-room eine Ecke mit einem Schreibtisch eingerichtet, an dem seine Söhne Hausaufgaben machten. Er wußte, was seine Frau dachte:

»Immer mußt du das machen!«

Weil er die lästige Arbeit machen mußte, die, die viel Zeit und Sorgfalt erforderte. Und wenn es ihm gar nicht lästig war? Wenn er diese Arbeit, die immer mehr Zeit in Anspruch nahm, als eine Art Privileg betrachtete?

»Fangen sie bald mit dem Rohbau an?«

»Sobald der Staatszuschuß bewilligt ist.«

Es war schwer zu erklären, und sie interessierte sich dafür übrigens nicht.

»Du kannst den Fernseher anstellen. Er stört mich nicht.«

»Ich habe keine Lust.«

»Möchtest du ins Bett gehen?«

»Ich warte, bis Dave nach Hause kommt.«

Das Kino war um zehn Uhr aus. Dave brauchte ein paar Minuten mit dem Fahrrad, und auch er würde, sobald er da wäre, an den Kühlschrank stürzen.

Es war neun Uhr vorbei. Was sie wohl im Country Club machten? Higgins kannte sie alle, wenn auch nicht so gut wie Bill Carney, den er für einen Freund hielt. Er fragte sich, wer von ihnen aus irgendeinem Grund gegen ihn stimmen könnte und fand keinen.

Doktor Rodgers war ihr Arzt, und sie hatten ihn Gott weiß wie oft kommen lassen, vor allem bei den Kindern. Er setzte sich immer für einen Augenblick im Living-room, bevor er ging, und seine Frau gehörte zu den besten Kunden des Supermarket.

Olsen, der Rechtsanwalt, war reservierter, aber er gab sich so, weil er stolz darauf war, in Boston geboren zu sein. Er trank viel. Mit fünfundsechzig Jahren war er dreimal verheiratet gewesen, und einer seiner Söhne war Daves Freund.

Louis Tomasi, der Besitzer des White Horse Inn, des vornehmen Restaurants auf der Straße nach Hartford, war ein Mann, der im Prinzip für ihn stimmen müßte, denn auch er hatte ganz unten angefangen und seine Karriere als Barjunge begonnen.

Blieb Oscar Blair, der Schuhfabrikant mit der würdevollen Miene und dem silbrigen Haar, der schon morgens um elf Uhr betrunken war und es trotzdem schaffte, einen großen Teil seiner Zeit bei einer geschiedenen Frau mit fünf Kindern zu verbringen.

Carney hätte schon anrufen müssen. Sein Schweigen war ein schlechtes Zeichen. Außer sie saßen alle zusammen und tranken, wie es auch schon vorgekommen war, erzählten Geschichten und vergaßen, daß er unruhig auf einen Bescheid wartete.

Carney machte in Politik. Bei den letzten Wahlen war er in Hartford zum Senator gewählt worden, und es schien ihm nicht in den Kopf gestiegen zu sein. Higgins traf ihn beim Friseur, dann bei den Essen des Rotary Clubs. Er hätte alle öfter getroffen, wenn er getrunken hätte und nicht so gut wie nie auf Cocktailparties gegangen wäre.

War dies ein Grund, um ihm den Eintritt in den Country Club zu verwehren? Dort wurde nicht nur getrunken. Es gab dort einen Golfplatz mit neun Löchern, der als einer der besten in der Gegend galt und wo man beinahe auf dem ganzen Gelände Blick auf den See hatte. Jede Woche fanden zwei oder drei Tanzabende statt, darunter einer für die Jugend, und im Sommer wurden Regatten und Schwimmwettbewerbe, im Winter Eislaufdarbietungen veranstaltet.

Doktor Rodgers trank auch nicht und ging nur aus, wenn es unumgänglich war.

»Wartest du auf einen Anruf?«

»Warum fragst du?«

»Ich weiß nicht. Mir schien es so.«

Er hätte ihr die Wahrheit sagen müssen. Wenn ihr jemand etwas erzählt hatte, mußte sie sich fragen, warum er seine Bewerbung vor ihr verschwieg. Vielleicht nahm sie an, er traue ihr nicht. Es war keine Vertrauensfrage. Er hatte ihr ja beim ersten Mal davon erzählt. Vielleicht war es eine Frage des Stolzes, der Scham oder auch der Angst, ein zweites Mal vor ihr abqualifiziert zu werden.

Sie ahnte sicher nicht, daß er seit ihrer Heirat, sogar schon als sie angefangen hatten, zusammen auszugehen, in der Angst lebte, ihr unterlegen zu sein.

Ihm schien, sie würde eines Tages merken, daß sie sich in ihm getäuscht hatte, und ihre frühere Entscheidung dann bedauern – bei all den Möglichkeiten, auf die sie seinetwegen verzichtet hatte!

Er versuchte sich zusammenzunehmen und sich auf die Papiere des Schularbeitskreises zu konzentrieren. Schließlich kam Dave nach Hause, was bedeutete, daß es schon nach zehn Uhr war.

»Gibt es etwas zu essen?«

Er hatte die Statur eines Mannes, eine tiefe männliche Stimme, aber in Aussehen und Benehmen war er doch noch ein Kind. Man hörte ihn im Kühlschrank herumsuchen und von draußen mit vollem Mund fragen:

»Ist Florence schon zu Hause?«

»Noch nicht.«

»Ich möchte wissen, was die beiden den ganzen Abend ohne Jungen machen?«

Er kaute noch immer, als er seinem Vater einen Kuß auf die Stirn gab.

»Nacht, Dad.«

»Gute Nacht, mein Sohn.«

»Nacht, Mama.«

»Gute Nacht, Dave.«

Ein lieber großer Junge, der in der Schule nicht gerade glänzend war, aber voll von gutem Willen und immer hilfsbereit.

Nora, die in eine Illustrierte vertieft war, sagte etwas später:

»Weißt du, womit sich die beiden Mädchen beschäftigen?«

Higgins schreckte hoch.

»Wer?«

»Florence und Lucile.«

»Womit denn?«

»Florence hat mir nichts davon erzählt, aber ich habe in ihrem Zimmer ein Heft herumliegen sehen. Wenn sie abends so lange zusammen sind, befassen sie sich mit Astronomie.«

Er schaute Nora an, wie jemand, der von weit her kommt und wiederholte, ohne zu wissen, was er sagte:

»Astronomie?«

Seine Stimme war so ernst, sein Erstaunen so ehrlich, daß Nora zum ersten Mal an diesem Abend lachen mußte, wahrscheinlich zum ersten Mal seit mehreren Tagen.

»Ich nehme an, sie liegen beide im Gras und erforschen den Himmel.«

Das Telefon läutete. Higgins wagte einen Augenblick lang nicht, zum Apparat zu stürzen, hob dann endlich mit beinahe abergläubischer Furcht ab:

»Bist du's, Walter?«

Carneys Stimme klang belegt wie die eines Mannes, der viel getrunken hat, und im Hintergrund waren andere Stimmen zu hören.

»Ich bin's, ja. Was ist?«

»Also, mein Alter, es tut mir leid, und ich überlege mir, ob ich ihnen nicht meinen Rücktritt hinknallen soll. Stell dir vor, da hat doch wieder so ein Lump . . .«

Higgins rührte sich nicht. Er stand da, vollkommen unbeweglich, den Hörer in der Hand, und wartete, was folgen würde. Dort unten stand wohl irgend jemand neben Carney und versuchte ihm den Hörer aus der Hand zu nehmen. Man erriet Stimmengewirr, das plötzlich aufhörte, als die Verbindung unterbrochen war. Nora, die ihren Mann nicht ansah, fragte in ganz normalem Ton:

»Wer ist es?«

Als sie keine Antwort bekam, hob sie den Kopf. Ihr Mann hatte immer noch den Hörer in der Hand. Sein Gesicht war starr wie das eines Toten, seine Augen so leer, daß Nora, weil sie gerade über Florence gesprochen hatten, einen Schrecken bekam.

»Schlechte Nachricht?«

Er schluckte, es gab ein komisches Geräusch in der Kehle, er schüttelte den Kopf von links nach rechts, von rechts nach links und legte schließlich den Hörer auf.

»Es ist nichts«, bekam er schließlich heraus.

Er sah sie nicht an, drehte sich für den Rest des Abends nicht einmal in ihre Richtung und beugte sich über die Papiere des Schularbeitskreises, legte ein Blatt weg, schrieb Zahlen unter eine Reihe.

Florence kam um elf Uhr nach Hause, und um halb zwölf Uhr gingen die letzten Lichter im Haus aus.

2

Als es hell wurde, hatte er die Augen schon weit offen, als ob er die ganze Nacht nicht geschlafen hätte, und sein Gesicht blieb so ausdruckslos wie am Vorabend gleich nach dem Schlag, der ihn getroffen hatte. Nora schlief neben ihm und war ganz warm. Wenn sie schwanger war, schlief sie immer auf dem Rücken und atmete tiefer und länger als gewöhnlich, mit plötzlichen Tremolos und darauffolgenden Pausen, in denen sich ihre Nasenflügel zusammenpreßten.

Vor ihrer ersten Geburt, vor allem in den letzten Wochen davor, hatte Higgins, wenn er horchte, oft einen Schrecken bekommen und seinen Atem angehalten, wenn seine Frau nicht atmete; er hatte das Gefühl, sie würde gleich neben ihm sterben.

Er blieb noch eine Weile ausgestreckt liegen, schaute unverwandt auf einen Kupferstich mit Vögeln, den sie zusammen mit dem Schlafzimmer gekauft hatten. Er sah ihn eigentlich gar nicht. Er war so erschöpft, als ob plötzlich alle unbewußt über Jahre angestauten Strapazen auf ihm lasteten.

Im Zimmer nebenan fing Isabel an sich zu bewegen. Jeden oder fast jeden Morgen wurde sie halb wach, wenn die Sonne aufging, drehte sich ächzend im Bett um, bis sie wieder einschlief.

Er streckte schließlich erst das eine, dann das andere

Bein vorsichtig und langsam aus dem Bett und schlich auf Zehenspitzen ins Bad. Als er am Spiegel vorbeiging, sah er, daß Nora unter ihren braunen Haaren kurz ein Auge offen hatte. Er tat aber so, als bemerkte er es nicht. Nora sagte nichts und gab vor zu schlafen.

Es kam häufig vor, daß er sehr früh als erster aufstand. Unten öffnete er die Küchentür, um die frische Morgenluft hereinzulassen, und er machte sich mit immer gleichen Handgriffen daran, ein reichliches Frühstück zuzubereiten.

Für gewöhnlich war dies die beste Zeit am Tag. Er gab es nicht zu, aus Angst, man könnte meinen, er sei lieber allein und ohne seine Familie glücklicher. Das war falsch. Sein Wohlbehagen kam wahrscheinlich daher, daß er frisch und ausgeschlafen war und einen noch unberührten Tag vor sich hatte.

Durch das offene Fenster und die Tür sah er, wie sich die grauen Eichhörnchen auf dem Rasen und an den Baumstämmen jagten und die Spatzen herumhüpften; manchmal kam ein Hase, der ihn mit großen furchtlosen Augen ansah.

An jenem Morgen empfand er keine dieser gewohnten kleinen Freuden, nicht einmal die, die ihm der Duft des Kaffees verschaffte und des Schinkens, der in der Pfanne brutzelte. Hätte man ihn gefragt, woran er denke, hätte er geantwortet, an nichts, und es stimmte ungefähr. Er hatte die Nacht über zuviel nachgedacht, auf zu viele unterschiedliche Arten. Leute, die zuviel tranken, mußten am Morgen die gleiche Leere und das gleiche Gefühl der Scham empfinden.

Er schämte sich nicht wegen etwas Besonderem. Er

schämte sich einfach. Als ob er völlig nackt mitten im Supermarket vor seinen Angestellten und den entrüsteten Kunden gestanden hätte. Davon hatte er übrigens schon manchmal geträumt.

Die Gemeinde hatte ihn abgelehnt. Gut, es stimmte zwar nicht ganz. Der Country Club war nicht die ganze Gemeinde. Doch empfand er es so.

Der Augenblick war gekommen, wo man ihm alles in allem ganz klar zu verstehen gab, nicht weiter zu gehen, nachdem man ihn hatte tüchtig vorankommen lassen und ihn dabei sogar ermutigt hatte.

»Ich bringe sie alle um!«

Es war dumm. Er dachte es nicht. Er wollte nicht töten. Doch als er sich am gestrigen Abend ins Bett gelegt hatte, kam ihm dieser Gedanke so klar, als ob er ihn laut gesagt hätte.

»Ich bringe sie alle um!«

Und als er so gedacht hatte, war er ganz starr geworden. Er hatte die Fäuste und die Kiefer zusammengepreßt, während neben ihm Nora einzuschlafen versuchte.

Er fragte sich immer noch, ob sie etwas wußte, und er fühlte sich gedemütigt, daß sie ihm nichts sagte. Denn wenn sie es wußte und nichts sagte, hieß es, daß auch sie der Ansicht war, man habe ihm eine Abfuhr erteilt.

Wie viele wußten davon, die ihm auch nichts sagen würden, die ihn auf der Straße sehen und denken würden:

»Endlich hat man ihm gezeigt, wo er hingehört!«

So war es doch schließlich. Schlimmer noch. Man

bedeutete ihm, daß er nicht würdig sei, zur Gemeinde zu gehören. Zu einem Teil der Gemeinde, gut. Er durfte an den Essen des Rotary Clubs teilnehmen, nach Feierabend die Arbeit des Schularbeitskreises übernehmen und am 4. Juli bei der Parade in Uniform mit der American Legion marschieren. Aber er hatte nicht das Recht, im Country Club Golf zu spielen, in den einer der Friseure aus der Stadt aufgenommen war.

Man gab ihm keine Erklärung. Das ging ihn nichts an. Man sagte ihm nichts. Jemand, der seinen Namen nicht nennen mußte, den er sicher auch nie erfahren würde, brauchte nur eine kleine schwarze Kugel in einen kleinen Beutel tun und schon war er verurteilt. Gleichgültig, ob er sich den Rest seines Lebens fragen würde, warum!

Über sich hörte er den leisen Schritt von Nora, dann die Wasserspülung, schließlich ein Geräusch auf der Treppe, und die Tür ging leise auf. Der Geruch von Bett kam zu ihm herüber, und sie sagte, weil ihr nichts anderes einfiel:

»Du bist auf?«

Wenn er sonst früh in den Laden mußte, sagte er es am Abend vorher, denn dann fuhr sie Isabel in den Kindergarten, wo er sie an den anderen Tagen absetzte.

Die beiden Jungen warteten an der Ecke Maple Street auf den Bus. Florence, die immer als letzte aufstand und morgens kaum etwas aß, um Zeit zu gewinnen, fuhr mit dem Fahrrad in die Bank.

Nora, wie immer in einem blaßblauen Morgenmantel, das Gesicht weder gepudert noch geschminkt, fing nun an, den Tisch für die Kinder zu decken.

»Es sieht aus, als würde es schön.«

Die Sonne schien besonders hell, und die am Himmel ziehenden kleinen Wolken glänzten perlmuttfarben. Der Duft des gestern geschnittenen Grases drang in die Küche, vermischte sich mit den Gerüchen im Haus.

»Hast du heute einen Werbeverkauf?«

»Ja. Eine neue Schuhcreme.«

»Ist sie gut?«

»Es sieht so aus.«

»Ich komme etwa gegen zehn vorbei. Laß einen Rinderbraten für mich zurücklegen.«

Er hätte laut lachen mögen bei der Behauptung, daß dies alles nicht existiere, daß sie jahrelang, ungefähr zwanzig Jahre lang, ein Scheinleben geführt hätten. Das Haus, die wirkliche Welt schienen nicht aus einer festen Materie zu bestehen, die Frau, die mit ihm redete und der er immerhin vier Kinder gemacht hatte, ohne das mitzuzählen, das sie trug, erkannte er fast nicht.

Irgendwo lag ein Betrug vor. Auch das war ihm im Lauf der Nacht durch den Kopf gegangen und noch andere Gedanken, die er zu geeigneter Zeit aufgreifen und genau einordnen würde, denn sie konnten nicht alle falsch sein.

Ob anderen das auch widerfuhr? Vernünftigen, wohlhabenden Leuten, die man für ausgeglichen hielt: daß sie um sich schauten und nur mit Mühe ihr vertrautes Heim erkannten und plötzlich dachten:

»Was tue ich eigentlich hier?«

Ob Männer nach zwanzigjähriger Ehe manchmal

ihre Frau anschauten, als ob sie ihr gerade zum ersten Mal auf der Straße begegneten?

Auch die Kinder! Er hörte die Jungen oben hin und her gehen und hatte nicht den Wunsch, sie zu sehen, beeilte sich zu gehen, bevor sie herunterkamen.

In der Garage versetzte es ihm einen Schock, als er sich direkt vor einem Eimer mit einer Flasche Champagner sah, neben der im geschmolzenen Eis das Etikett schwamm. Auch hier hätte er lachen sollen, aber er konnte es nicht. All das war schrecklich ernst, sogar diese Flasche, die grotesk wirkte und die er nun heimlich irgendwo loswerden mußte, als ob er ein Verbrechen beginge. Um das Haus und im ganzen Viertel war alles viel zu gepflegt, um eine Ecke für Abfall zu finden.

Er legte die Flasche neben sich auf den Autositz, und anstatt die Main Street hinunterzufahren, machte er einen Umweg zum See. Nicht auf der Seite des Country Club, wo der Zutritt verboten war, sondern auf der Seite des öffentlichen Strands, wo man Fischerboote mieten konnte.

Das Wasser mußte noch kalt sein. Am Ufer, auf dem mit Kieselsteinen vermischten Sand, bildete sich ein schwacher, schmaler Rand, der an die Brandung am Meer erinnerte. Hier und da eine Forelle, die, wenn sie die Oberfläche erreicht hatte, Ringe bildete, die sich ins Unendliche auszudehnen schienen, bevor sie sich verloren.

Er mußte sich vergewissern, daß man ihn nicht beobachtete. Man konnte ihn nur von den Fenstern einer Villa aus sehen, in der eine alte invalide Dame wohnte, die bettlägerig war.

Er warf die Flasche hinaus, so weit er konnte und murmelte:

»Die Schweinehunde!«

Das war nicht seine Art. Gewöhnlich kam ihm dieses Wort nicht in den Sinn. Es war ihm nachts eingefallen, zusammen mit dem übrigen. Vielleicht hatte er in dieser Nacht mehr nachgedacht als in seinem ganzen bisherigen Leben. Doch er hatte auch geschlafen. Mehrmals. Er hatte mit zusammengepreßten Zähnen nachgedacht. Dann hatten sich die Gedanken und die Bilder, die sie wachriefen, aufgelöst, bis er wieder in Schlaf fiel; etwas später wachte er dann mit dem unbestimmten Gefühl auf, daß eine Katastrophe passiert war.

Das Wort schien übertrieben. Er wußte, es war keine Katastrophe. Was sich am Abend zuvor in ein paar Augenblicken ereignet hatte und wovon seine Frau nichts gemerkt hatte, war schlicht ein Zusammenbruch. Das Scheitern all dessen, was er beharrlich aufgebaut hatte, seit er vernünftig denken konnte. Im Grunde sein eigenes Scheitern, das des Walter J. Higgins, den die Leute kannten und den er kannte, denn es war ihm klar, daß dieser nicht mehr existierte, nie mehr existieren würde.

Man hatte ihn getäuscht. Man hatte ihn verraten. Man hatte sich über ihn lustig gemacht. In Williamson gab es zumindest eine Person, die mit einem kleinen zufriedenen Lächeln an den Streich denken würde, den sie ihm gespielt hatte.

»Ich bringe sie alle um!«

Einmal in der Nacht, in einem Zustand zwischen Wachen und Träumen, hatte sich dieser Gedanke in einer Steigerung, die ihn als Sinnestäuschung erscheinen ließ, präzisiert. Er wußte nicht mehr, wie lange er an diesem Racheplan geschmiedet hatte, und war sich nicht sicher, ob er in diesem Augenblick nicht träumte.

Sie alle umbringen! Von diesem Ansatzpunkt aus hatte sein Verstand angefangen zu arbeiten, und er hatte sich gesagt, daß das im Bereich seiner – und nur seiner – Möglichkeiten lag, wegen seiner Stellung in der kleinen Stadt. Wenn es ihm gefiel, konnte er sie alle umbringen, alle oder beinahe alle Einwohner von Williamson, indem er zum Beispiel ein oft gekauftes Nahrungsmittel vergiftete. Das Brot? Den Schinken? Das würde eine genaue Prüfung, eine lange Planung erfordern. Trotzdem war es möglich, denn Carney ließ Higgins, wenn dieser mit ihm im Drugstore redete, manchmal eine Zeitlang allein in der kleinen Rezeptur, wo auch die Gifte standen.

Er würde es nicht tun. Er hatte niemals ernsthaft erwogen, es zu tun. Was hätte er übrigens damit für sich erreicht?

In seinem Traum oder Halbschlaf hatte er einen fast plausiblen Grund dafür gehabt: Danach hätte er sich gegenüber den anderen verteidigen können. Nicht verteidigen, sondern vielmehr seine Tat erklären. Er konnte das Tribunal, vor dem er redete, nicht genau erkennen, aber das war unwichtig. Es war die Öffentlichkeit. Oder die Gesellschaft. Er zog die Gesellschaft vor. Die *Gemeinschaft*, wie er es so oft mit den anderen wiederholt gesagt hatte.

»Ich habe mein ganzes Leben für die Gemeinschaft gearbeitet, und die Gemeinschaft hat mich ausgestoßen, ohne sich die Mühe zu geben, mich anzuhören. Von nun an bin ich ein Mensch, auf den man auf der Straße mit Fingern zeigt, und meine Familie teilt eine Schmach mit mir, die ich nicht verdient habe.«

Es war absurd. Jetzt, in seinem Auto, auf der vom Tau feuchten Straße, in der Sonne, die leichte Nebel von der Erde aufsteigen ließ, schämte er sich darüber. Aber ist man nicht manchmal nachts näher an der Wahrheit?

Man würde nicht mit Fingern auf ihn zeigen. Seine Frau und seine Kinder würden wahrscheinlich nie von seiner Demütigung erfahren. Doch die Tatsache blieb, daß er zum Objekt einer Beleidigung geworden war, die auch eine Ungerechtigkeit war.

Dabei hatte er sein ganzes Leben auf dem Glauben an die Gerechtigkeit aufgebaut.

Und auch auf dem Vertrauen in die Gemeinschaft.

Wem konnte er die Schuld zuschieben? Nicht um zu töten, aber um zu wissen, aus welcher Ecke der Schlag kam. Um zu versuchen den Grund herauszufinden, warum er nicht aufgenommen wurde.

Er hatte das Komitee Revue passieren lassen, die ganze Nacht hindurch, nicht einmal, sondern zehnmal, zwanzigmal, und die Personen erschienen jedesmal unter einem anderen Aspekt.

Bis zu dem Augenblick, als am Abend zuvor das Telefon geklingelt hatte, waren sie für ihn noch angesehene Persönlichkeiten gewesen, auserwählte Staatsbürger, und er hatte weder ihre Verdienste noch ihre Rechte und noch weniger ihre Integrität bezweifelt.

Hatte er sich aus freien Stücken derart blenden lassen, in der Hoffnung, einer der ihren zu werden?

Wer zum Beispiel war eigentlich Oscar Blair, der angesehenste und reichste Mann in Williamson? Nichts als ein alter heuchlerischer Schweinehund! Wenn irgend jemand in der Stadt ein solches Doppelleben geführt hätte wie er, hätte ihn jeder verachtet, hätte Blair sicher eigenhändig den Angestellten oder Arbeiter vor die Tür gesetzt, der einer anderen Frau als seiner eigenen ein Kind gemacht hätte.

Mrs. Alston, die in Nob Hill wohnte, war nicht seine Frau. Ihre beiden jüngsten Kinder waren nach der Scheidung von ihrem dritten Mann geboren worden. Blair verbrachte die Abende meistens bei ihr, und das Dienstmädchen versicherte, daß seine Pantoffeln, sein Schlafanzug und ein Vorrat seines Lieblingswhiskys bei ihnen stünden.

Ob Mrs. Blair Bescheid wußte? Es war unmöglich, daß sie vom Verhalten ihres Mannes nichts erfahren hatte. Trotzdem war sie Vorsitzende der meisten Wohltätigkeitsvereine.

Sie war eine Frau, die beinahe so groß und korpulent wie Bill Carney war, mit einem Glasauge, das etwas heller war als ihr eigenes, und wenn sie im Auftrag der Wohltätigkeitsvereine Besuche machte, fuhr sie in einem kleinen grauen Auto, das die ganze Stadt kannte.

Sie klopfte nicht nur bei den Reichen an die Tür, sondern auch bei denen, die für ihren Lebensunterhalt hart arbeiten mußten und für die jedes Monatsende von neuem problematisch wurde. Mit ihrem rötlichen Teint, ihrer rauhen Stimme entlockte sie allen eine Spende, sei es für den Kampf gegen den Krebs, gegen die Tuberkulose oder für die Resozialisierung jugendlicher Krimineller. Obwohl die Blairs ganz allein die Summe hätten aufbringen können, ohne ihren Lebensstandard ändern zu müssen.

Er mochte nicht so denken und die Leute aus dieser Perspektive sehen. Er hatte Mrs. Blair immer geachtet. Er hatte plötzlich den Eindruck, er verstelle sich.

Jedesmal, wenn jemand ihm gegenüber so geredet hatte, war er verlegen geworden wie bei einer unanständigen Handlung.

Es war stärker als er. Jetzt haßte er Blair, ertappte sich dabei, daß er die Vorsitzende haßte, die nicht zögerte, einen verfaulten Pfirsich, den sie unten in einer Obststeige mit sechs Pfund gefunden hatte, wieder zurückzuschicken.

Hatte er sich bis jetzt absichtlich darüber getäuscht, aus Bequemlichkeit, wegen seines Ehrgeizes?

Auch das nahm er ihnen übel, daß sie ihn zwangen, nicht nur sie in einem veränderten Licht zu sehen, sondern sich selbst noch einmal genau erforschen zu müssen.

Er mochte Carney gern. Am Tag zuvor hatte er ihn noch seinen Freund genannt. Sein Drugstore, beinahe gegenüber vom Supermarket, ging gut. Doch warum hatte er an dem Südhang Land gekauft, kurz nachdem er in Hartford zum Senator gewählt worden war, und wie zufällig ein paar Wochen, bevor vom Durchstich der neuen Hauptverkehrsstraße die Rede war?

Higgins hatte sich in dieser endlos langen Nacht so viele Fragen gestellt, daß er nicht mehr versuchte, darauf eine Antwort zu finden.

Dann gab es die anderen, den Rechtsanwalt Olsen, den Dr. Rodgers, Louis Tomasi, die ihre Rolle gespielt hatten, und vielleicht war er ungerecht gewesen. Er war jetzt ruhiger, ein Tag wie jeder andere begann, mit einem ziemlich festen Stundenplan. Die Main Street wurde lebendig. Der Zeitungsverkäufer, der immer als erster aufmachte, rauchte seine Pfeife unter der Tür und grüßte ihn mit der Hand. Er wußte sicher von nichts. Er gehörte nicht zum Klub. Er war erst vor kurzem eingewandert, hatte einen starken österreichischen Akzent und sprach mit seiner Frau noch deutsch.

Konnte ihm nicht das gleiche wie Higgins passieren?

Er parkte sein Auto hinter dem Supermarket, um den ganzen Parkplatz für die Kunden freizuhalten; als er ausstieg, sah er seine Tochter Florence, die mit dem Fahrrad zur Bank fuhr. Sie blickte geradeaus und sah ihn nicht. Zum ersten Mal kam es ihm komisch vor, eines seiner Kinder vorbeifahren zu sehen, ohne zu wissen, was dieses dachte, ohne sogar zu wissen, was es von ihm dachte.

Warum hatte Florence sich in den Kopf gesetzt, sich mit Astronomie zu beschäftigen? Warum verbrachte sie ihre Abende mit einer einzigen Freundin anstatt mit den Jungens auszugehen, zum Tanzen zu gehen? Sollte dies bedeuten, daß sie weder in der Familie noch in der Gemeinschaft ihre Befriedigung fand?

Bill Carney, allein in seinem Drugstore, der noch nicht offen hatte und in den er durch die Hintertür gelangt war, ging gerade zur Ladentür, um den Riegel zurückzuschieben, und Higgins überquerte, ohne nachzudenken, die Straße, um mit ihm zu reden. Die Angestellten waren noch nicht da. Im Laden roch es stärker als tagsüber.

Es war unmöglich zu übersehen, daß Carney, verlegen wie er war, nicht wußte, wie er sich verhalten sollte. Es war auch offensichtlich, daß er am Abend zuvor zuviel getrunken hatte, denn seine Lider waren geschwollen, die Augen gerötet, und die Zigarre im Mund brannte nicht; er kaute nur angeekelt auf ihr herum und machte ein mürrisches Gesicht.

»Hallo, Walter!« rief er und ging zur Kasse, wie jemand, der Wichtiges zu tun hat.

»Hallo, Bill!«

Und der andere drehte ihm, ohne ihn anzusehen, den Rücken zu und baute rosa Badeseifenstücke auf.

»Enttäuscht?«

Er sagte es, als ob es sich um eine kleine alltägliche Enttäuschung handelte.

»Entschuldige, wenn ich dir die Nachricht so grob beigebracht habe gestern. Wir haben eine ganze Menge getrunken gestern abend. Ich glaube, am Schluß war ich völlig blau. Keiner wollte die Sitzung eröffnen. Das läuft immer genauso ab. Wenn sie erst einmal in den Barsesseln sitzen, kriegt man sie nicht mehr heraus.«

Er redete, um zu reden, aus Angst vor dem, was Higgins ihm sagen könnte.

»Eigentlich gehen die meisten Klubmitglieder nur hin, um in Ruhe einen zu trinken, ohne daß ihre Angestellten oder ihre Arbeiter sie sehen. Vor allem an den Abenden, an denen die Frauen nicht dabei sind, finden sie beim Hinausgehen gerade noch ihre Autos vor der Tür.«

»Wer hat gegen mich gestimmt?«

»Ich weiß es nicht. Die Wahl ist geheim. Vielleicht ist das, was geschehen ist, meine Schuld. Vielleicht wäre es besser gewesen, ich hätte die Abstimmung auf einen anderen Tag verschoben, nachdem der Abend so lief. Ich habe sie daran erinnert, daß wir über eine Bewerbung abstimmen mußten.

›Wer?‹ hat Olsen ärgerlich gefragt.

In diesem Augenblick hat er schon einen ganz schön roten Kopf gehabt und überhaupt keine Lust aufzustehen.

›Walter Higgins‹, habe ich ihm geantwortet.

Und jemand hat gesagt:

›Schon wieder!‹«

Higgins fragte:

»Wer?«

»Ich erinnere mich nicht. Selbst wenn ich mich erinnern würde, dürfte ich es dir nicht sagen, denn von diesem Augenblick an waren wir zusammengetreten, und die Sitzungen sind geheim. Ich habe sie schließlich in den Sitzungssaal gelassen, und sie haben ihre Gläser mitgenommen. Du siehst! Ich sage dir alles, was ich sagen darf, damit du verstehst. Als ich die schwarze

Kugel sah, war ich wütend, du hast es ja bei meinem Anruf gemerkt, bei dem sie mich gar nicht ausreden ließen. Sie haben mir buchstäblich den Hörer aus der Hand gerissen.«

Er war jetzt damit beschäftigt, seinen langen weißen Apothekerkittel zuzuknöpfen, dessen Weiß seine übernächtigten Züge noch stärker betonte.

»Ich werde versuchen, das auf der nächsten Sitzung wieder in Ordnung zu bringen!«

»Nein!«

Carney überwand sich schließlich, Higgins ins Gesicht zu schauen und war überrascht und ein bißchen entsetzt von dessen Aussehen.

»Erzähl mir bloß nicht, daß du die Sache tragisch nimmst! Wenn du wüßtest, mein Lieber, wie viele Leute schwarze Kugeln bekommen haben! Nicht nur eine, sondern manchmal drei oder vier, nur die eine weiße Kugel des Bürgen!«

»Wem ging es so?«

Higgins merkte, daß er blaß und angespannt war, aber er konnte nichts dafür. Seine Stimme klang für ihn ungewohnt hart.

»Auch das muß geheim bleiben, aber unter uns gesagt, Moselli, der Friseur, hat sich fünfmal beworben, und man hat ihn schließlich nur aus Überdruß oder Mitleid aufgenommen. Vielleicht auch wegen seiner Frau, die damals krank war und so bemüht, in besseren Kreisen zu verkehren.«

»Wer weiß es?«

»Was meinst du?«

»Wegen mir. Daß ich abgelehnt wurde.«

»Das Komitee natürlich.«

»Und wer noch?«

»Aber . . . niemand.«

»Der Barkeeper war nicht dabei?«

»Justin ist gekommen und gegangen wie sonst auch, aber er würde nie etwas sagen. Wenn er alles erzählen müßte, was er weiß, könnten sich manche kaum mehr auf der Straße blicken lassen.«

»Von Moselli hast du mir gerade selber erzählt.«

»Wirfst du mir das vor?«

»Warum sollten es die anderen denn nicht auch so machen?«

»Hör zu, mein Lieber, auf mich warten Rezepte. Du kommst her, um mich anzuschnauzen, wo ich alles getan habe, um dir zu helfen. Es ist doch nicht meine Schuld, wenn im Klub jemand sitzt, der dich nicht mag oder vielleicht keine Lebensmittelhändler mag. Bei Moselli hatte man etwas gegen seinen Friseurberuf. Ich bin bereit, im nächsten Monat noch einmal die Sprache auf dich zu bringen. Es ist nicht die Regel, aber es gibt Präzedenzfälle.«

»Ich habe dir schon gesagt, daß ich es nicht will.«

»Also entscheide dich. Ich bedaure. Es tut mir leid. Entschuldige mich bei deiner Frau.«

»Sie weiß nichts.«

»Ach!«

Carney warf ihm einen eigenartigen Blick zu.

»Du meinst, du hast dich beworben, ohne ihr etwas davon zu sagen?«

»Ja.«

»Deinen Kindern auch nicht?«

»Ich habe niemandem etwas davon erzählt.«

»Warum willst du eigentlich unbedingt in den Klub, wenn du nicht trinkst, nur dreimal im Jahr Golf spielst und kein Boot hast?«

Wie am gestrigen Abend bei dem Anruf reagierte Higgins nicht, stand einfach bewegungslos da und schaute seinen Freund durchdringend an. Ihm war, als hätte ihn dieser gerade geohrfeigt. Er steckte es ein. Aber sein Blick wurde so hart, wie Carney es noch nie an ihm beobachtet hatte, und der Apotheker bedauerte seine Ungeschicklichkeit.

»Ich verstehe ja, daß du wie alle dabeisein möchtest, aber von da bis . . .«

Ohne ihm weiter zuzuhören, ohne ein Wort des Abschieds oder des Danks drehte sich Higgins um und ging aus dem Drugstore über die Main Street auf seinen Supermarket zu, wo das Personal schon da war, er aber durch die Hintertür eintreten mußte.

Er mußte ruhig, beherrscht bleiben, einen klaren Kopf behalten. Zehn Personen, die ihm untergeben waren, für die er verantwortlich war, deren Chef er war, beobachteten ihn.

War das nicht eigenartig?

Jemand hatte ihm vertraut, jemand, der wichtiger war als alle Mitglieder des Country Club zusammen, nicht leichthin, sondern nachdem er ihn über Jahre auf die Probe gestellt hatte, so wie er selber jetzt sein Personal auf die Probe stellte.

Er war selber ein Chef geworden. Er thronte nicht an der Spitze der Pyramide wie Mr. Schwartz, der es geschafft hatte, den Platz der Erben Fairfax einzunehmen, und auch nicht wie der Regionalinspektor, der jede Woche die Bilanzen prüfte. Doch befand er sich ungefähr in der Mitte der Leiter.

Wenn er durch den Laden ging, sagte jeder zu ihm:

»Guten Tag, Mr. Higgins.«

Genauso wie er mit respektvoller Vertrautheit sagte, wenn er ihn traf:

»Guten Tag, Mr. Blair.«

Oder:

»Guten Tag, Doktor.«

Oder auch:

»Guten Tag, Mr. Olsen.«

Er haßte sie. In dieser Minute haßte er sie so, daß ihm sein nächtliches Leitmotiv auf die Lippen kam:

»Ich bringe sie alle um!«

Bill Carney hatte sich widerlich benommen. Er hatte einen Kater. Er roch aus dem Mund. Seine Freunde hatten ihm am gestrigen Abend das Telefon aus der Hand gerissen, um ihn daran zu hindern, Gott weiß was zu erzählen. Er hatte wohl bleiern und unruhig geschlafen, und als er aufgewacht war, hatte er sicher eine Grimasse geschnitten und gedacht:

»Verflixt! Gleich muß ich mich mit Higgins herumschlagen!«

Dieser erlebte die Szene, die sich eben abgespielt hatte, aus einem gewissen Abstand noch einmal: Carney, der seine Tür aufmachte und hoffte, sein Freund komme nicht herüber, und der dann, als er ihn an der Tür hatte, nicht wußte, wie er sich aus der Affäre ziehen sollte.

Die ganze Zeit, in der sie sich gegenübergestanden

hatten, mußte der Apotheker wohl gewünscht haben, daß ein Angestellter oder ein Kunde käme, um ihm aus der peinlichen Situation zu helfen. Aber sie waren allein geblieben in der Stille des Drugstore. Higgins war dabei so angespannt gewesen wie jemand, der eine üble Sache plant.

Hatte Carney Angst vor ihm gehabt? Hatte er sich überlegt, ob sein Besucher bewaffnet war?

Es schien albern, aber Higgins lächelte nicht bei diesem Gedanken, denn er erinnerte sich an Geschichten, die er in der Zeitung gelesen hatte, vor allem an die, in der ein ehemaliger Kriegsteilnehmer zu seinem gelähmten Nachbarn hinübergegangen war und ihn aus allernächster Nähe getötet hatte, weil dieser sich geweigert hatte, sein Radio auszumachen. Wenn man so was las, sagte man sich, daß solche Leute eben verrückt waren. Und wenn Higgins nun auf Bill geschossen hätte? Hätte das bedeutet, daß er verrückt war?

Von der Decke hing eine riesige Schuhcremedose herunter. Auf einem Tisch stand ein Schuh, zehnmal so groß wie in Wirklichkeit, der von einer elektrischen Bürste blankpoliert wurde. Es war das Angebot der Woche, und der Hersteller hatte für die Kundenvorführung eine junge Verkäuferin engagiert, die ein Filmsternchen hätte sein können.

»Guten Tag, Mr. Higgins. Mein Chef hat mich gebeten, Ihnen zu sagen, daß er gegen elf Uhr vorbeikommt. Er hat noch einen anderen Verkauf in Waterbury laufen.«

Ihr Chef war der Vertreter, der in Jimmie's Bar eine

Runde hatte spendieren wollen und ihm dann eine Zigarre angeboten hatte.

Higgins schaute auf seine Uhr und auf die elektrische Ladenuhr, die beide acht Uhr zeigten, und er gab dem Mädchen an der Kasse ein Zeichen.

»Sie können aufmachen, Miss Carroll.«

Diese war vielleicht die einzige Person auf der Welt, die ihn bewunderte. Denn er glaubte nicht, daß Nora ihn bewunderte, und noch weniger die Kinder, außer vielleicht Isabel, aber auch sie würde sich ändern, wenn sie größer würde.

Miss Carroll, die mit ihrer Mutter in einer Wohnung über dem Möbelgeschäft wohnte, hatte eine Art ihn anzusehen, die beinahe peinlich war. Sobald sie ihn sah, schien sie den Atem anzuhalten, und ihr Gesicht wurde von einer Sekunde zur anderen lebhafter; sie wurde rot, bekam glänzende Augen, und ihre Brust hob sich unter ihrem schwarzen Kleid.

Sie gehörte schon viel länger als er zur Filiale von Williamson, und als er hier eingesetzt worden war, war sie nicht älter als fünfundzwanzig gewesen. Sie war damals schon genauso, hatte den gleichen Gesichtsausdruck und die volle Figur eines etwas reiferen Mädchens.

»Der Fisch ist nicht gekommen, Mr. Higgins«, sagte sie zu ihm, nachdem sie den Riegel zurückgeschoben und aufgeschlossen hatte.

»Haben Sie mit Newhaven telefoniert?«

»Ich hatte sie gerade am Apparat. Der Lastwagen hatte eine Panne und wird kurz vor Mittag hier sein.«

Es tat ihm gut, an die Alltagsprobleme zu denken,

wie es ihm heute morgen geholfen hatte, in der Küche sein Frühstück zu bereiten.

»Haben Sie die rosa Zettel?«

Er war immer stolz auf den Laden gewesen, zu dem er gehörte, ein bißchen so, als ob dieser sein Werk gewesen wäre.

Als er in Oldbridge nur den Laden geputzt oder später einen Lieferwagen gefahren hatte, war er nicht imstande gewesen, die technischen Schönheiten des Geschäfts einzuschätzen. Seitdem er ein wichtigeres Rädchen war, einen Kommandoposten besaß, wie man ohne Übertreibung sagen konnte, gab es Tage, wo er sich wie ein Jongleur vorkam, der vor einer staunenden Menge eine genau einstudierte und einwandfreie Nummer vorführte.

Die Menge, das war er. Er sah sich, wie er die Maschine in Gang setzte, die er überwachte und die selber nur Teil einer komplizierteren Maschine war.

In Wirklichkeit hatte Archibald Fairfax, der Gründer, dessen Porträt – ein Greis mit weißem Backenbart und hochgeknöpfter Weste – in jeder seiner Filialen hing, sein Glück nur gemacht, weil er als einer der ersten bei Großeinkäufen niedrigere Preise als der Kleinhandel bekam.

Sobald ihm ein Ort günstig schien, richtete er dort einen Laden mit einem Geschäftsführer ein, der von einer Zentralorganisation mit Waren beliefert wurde.

Für die damalige Zeit war das sicher beachtlich, denn es hatte Erfolg. Aber als dann bei seinen Söhnen, später bei seinen Enkeln, das Geschäft bergab ging und Mr. Schwartz die Zügel in die Hand genommen hatte, hatte die eigentliche Arbeit erst angefangen.

Einem Laien war es schwer zu erklären, worin diese Arbeit bestand, zum Beispiel zu zeigen, daß eine Kundin von dem Augenblick an, in dem sie einen Supermarket Fairfax betrat bis zu dem Augenblick, wo sie ihn wieder verließ, nicht nach ihrem Geschmack, sondern unbewußt nach den Wünschen der Organisation einkaufte.

Es ging nicht mehr darum, irgend etwas an irgend jemanden zu verkaufen, und Fachleute studierten jeden Tag die Berichte, die ihnen von Männern wie Higgins geschickt wurden.

Dieser wurde stündlich über die geringsten Kaufschwankungen unterrichtet, über die geringste Änderung der Kauftendenzen bei den Kunden.

Lastwagen, die oft auf einen Anruf hin ihre Route ändern mußten, rollten über die Landstraßen, und in über hundert ähnlichen Filialen wurden die Regale gefüllt und wieder geleert, ohne daß der Mechanismus jemals anhielt oder langsamer wurde.

Die rosa, grünen und blauen Zettel vom Tag zuvor lagen auf seinem Schreibtisch, und die kleinen Löcher der Registrierkassen hatten für ihn eine geheime Bedeutung.

»Hallo! Geben Sie mir das Büro in Hartford bitte!«

Er wurde wieder er selber, ging wieder mit dieser Art von Spielzeug um, das für ihn so faszinierend war wie eine elektrische Eisenbahn für ein Kind, und sein Gesicht entspannte sich allmählich und nahm einen gewichtigen Ausdruck an.

Beim Telefonieren sah er durch die Scheibe seines Arbeitszimmers die ganze Fläche des Ladens, das Kommen und Gehen der Kunden, die drei Registrierkassen, die tadellos arbeiteten, das Gemüse in den Zellophanpackungen, die Fleischabteilung mit den weißen Marmorfächern und den riesigen Platten, auf denen jedes Steak und jedes Kotelett ein Preisschild trug, die bunten Konserventürme, die Brotabteilung, die Abteilung Milchprodukte mit den zweiundfünfzig Käsesorten.

»Hallo! Hier Williamson!«

Er sagte nicht Higgins. Sein Name zählte nicht. Nicht mehr als in der Armee. Es hätte ihm nichts ausgemacht, sich wie bei der Armee zu melden:

»Hier Posten 233.«

Er hatte den Krieg, der für ihn eine Fortsetzung seines Lebens als Zivilist war, nur widerwillig mitgemacht, denn er hatte den aufrichtigen Wunsch gehabt, zu kämpfen, wie die anderen auf die Philippinen, nach Nordafrika oder Italien zu gehen.

Statt dessen hatte man ihn zum Ausbilder für Unteroffiziere gemacht und ihn zuerst in ein Lager nach Virginia, dann nach Südengland geschickt.

Vielleicht war ihm deshalb jemand übel gesinnt? Der Gedanke war ihm noch nicht gekommen und machte ihn betroffen; er wurde rot, denn auch das wäre ungerecht gewesen. Viermal hatte er darum gebeten, zu einer Kampftruppe verlegt zu werden, und viermal hatte man ihm geantwortet, er wäre auf seinem Posten nützlicher. Als er ein paar Tage vor der Invasion in der Normandie verwundet worden war, war dies nicht an der Front, sondern durch die Explosion einer V2 am Rand des Lagers passiert.

Man hatte ihn ausgezeichnet wie die drei andern, die gleichzeitig mit ihm verwundet worden waren, und wie man postum auch den vierten, der umgekommen war, geehrt hatte. Er schämte sich nicht für seinen Krieg. Wie im Supermarket, wie in seiner Familie, wie in seiner Gemeinde, hatte er sein Bestes gegeben, und er hatte nicht darum gebeten, in die American Legion aufgenommen zu werden, später ihr Sekretär zu werden und schließlich, wie im letzten Jahr, bei der Parade am Memorial Day ihre Fahne zu tragen.

Würde man auch das in den Schmutz ziehen? Lag darin der Grund, warum einer am Abend zuvor gegen ihn gestimmt hatte? Wenn ja, kam der Schlag von Olsen, der zwei Söhne im Krieg verloren hatte und der böse auf alle war, die gesund wiedergekommen waren?

»Hallo! Hartford? Hier Williamson! Es geht um den Lastwagen 22, der . . .«

Durch die Scheibe vor ihm erkannte er Mrs. Rodgers, die Frau des Doktors; sie war klein, mit einem feinen Gesicht unter ihren weißen Haaren und betastete vorsichtig die Hühnchen mit ihrer unbehandschuhten Hand.

Ein riesiger gelber Lastwagen, der am Gehsteig hielt, tauchte den Laden plötzlich in Schatten, und Higgins sagte in den Apparat:

»Lastwagen 22 ist angekommen.«

3

Er saß in seinem Büro, als er gegen zehn Uhr Nora, die vor der Fleischabteilung stand, durch die Scheibe entdeckte. Sie schaute nicht zu ihm herüber. Wenn sie einkaufte, redeten sie meistens nicht miteinander, um nicht den Eindruck zu erwecken, sie werde bevorzugt behandelt.

Sie war hochschwanger und hatte braune Pigmentflecken im Gesicht wie bei Dave, dem ältesten Jungen. Eine Nachbarin hatte damals gesagt, daß diese Flecken beinahe immer einen Jungen ankündigten, aber bei Archie hatte sich Noras Gesicht nicht verändert, im Gegenteil, sie hatte nie jünger und anziehender ausgesehen. Es war nach vier Kindern nicht mehr so wichtig, ob es ein Junge oder ein Mädchen würde.

Nora hatte sich in zwanzig Jahren kaum verändert, weniger, so schien ihm, als die meisten anderen Frauen, und sie war auch nicht hart geworden wie viele Kundinnen, die, nachdem sie die Vierzig überschritten hatten, ein fast männliches Aussehen bekamen.

War sie glücklich? War sie glücklich mit ihm gewesen? Nie hatte sie sich beklagt. Aber nie wiederum hatte er sie so lustig erlebt wie als junges Mädchen, bevor sie nach New York ging. Ging es nicht allen Frauen und Männern genauso? Was ihn beunruhigte oder ihn jedenfalls nachdenklich stimmte, war, daß er ihr in der Zeit, in der sie fröhlich war, nichts bedeutete, und sie nach ihrer Heirat ernst geworden war.

Heute wollte er nicht daran denken, und doch war gerade heute der Tag, an dem er sich Fragen stellte, die ihm selten in den Sinn kamen. Das war *ihre* Schuld. *Sie* hatten seine Welt gestört, und jetzt sah er die vertrautesten Dinge ängstlich an, so als ob er sie das erste Mal in ihrem richtigen Licht sähe.

Am Mittag unterhielt er sich gerade mit dem Schuhcremevertreter nahe am Schaufenster des Ladens, als Florence vorbeikam, die zum Mittagessen nach Hause fuhr. Sie hielt sich sehr aufrecht auf dem Fahrrad, das in der Sonne glänzte, und ihre beinahe dunkelbraunen Haare wehten um ihren Nacken.

Hielten sie die jungen Leute für ein hübsches Mädchen und hätten sie ihr gerne den Hof gemacht? Sie besaß weniger Charme und Lebhaftigkeit als ihre Mutter in ihrem Alter, und man drehte sich nicht nach ihr um wie früher nach Nora. Die vier Kinder hatten alle etwas von ihrer Mutter, aber von ihm hatten sie die zu breiten Schultern geerbt, und, vor allem Florence, seinen zu dicken Kopf und Nacken.

Die anderen Angestellten der Bank und der Büros in der Main Street begnügten sich zu Mittag mit einem Sandwich und einer Tasse Kaffee bei Fred, der neben dem Kino eine familieneigene Cafeteria betrieb. Florence dagegen kam trotz der kurzen Pause, die sie hatte, beinahe immer nach Hause, wo sie zu dritt bei Tisch saßen. Es war ihre einzige Mahlzeit unter Erwachsenen, denn die Kleinsten aßen in der Schule.

Als er seine Unterhaltung mit dem Vertreter beendet

hatte, der ihm wieder etwas zu trinken anbot, holte er seinen Wagen hinter dem Laden und dachte immer noch an Florence. Er dachte oft an sie, öfter als an seine anderen Kinder, nicht weil sie die älteste war, sondern sicher, weil die anderen nicht so ein Problem waren.

Selbst als sie so alt gewesen war wie Isabel, hatte er nie das Gefühl gehabt, sie zu verstehen, und das ging nun so weit, daß er ihr gegenüber manchmal so verlegen war wie gegenüber jemand Fremdem.

»Glaubst du nicht, daß sie geizig ist?« hatte er Nora eines Tages gefragt.

»Meiner Meinung nach ist das kein Geiz. Sie hat sich etwas in den Kopf gesetzt und tut alles, um es durchzusetzen.«

Nora schien es zu wissen. Sicher verstanden sich Frauen untereinander besser ...

Schon mit zwölf Jahren hatte Florence nach der Schule Nachbarskinder für fünfzig Cents in der Stunde gehütet, wenn er sich recht erinnerte. Aber nicht um sich, wie die anderen Mädchen, Eiscreme, Kinkerlitzchen oder Spielzeug zu kaufen. Sie hatte ihr Geld gespart und besaß jetzt ein Bankkonto, von dem niemand in der Familie wußte, wie hoch es war. Sie durfte behalten, was sie verdiente, unter der Bedingung, daß sie, seit sie regelmäßig arbeitete, ihre Kleidung und ihre kleinen Ausgaben selber bestritt. Wenn sie auch immer ordentlich angezogen war, konnte man nicht übersehen, daß sie sowenig wie möglich für Kleidung ausgab.

Nach dem Abschluß der High School hatte er erwartet, sie würde in New York oder Hartford arbeiten wollen wie die meisten ihrer Freunde. Sie gehörte so wenig zur Familie, daß er sich fragte, warum sie hiergeblieben war. Weil sie gut verdiente und Wohnung und Essen sparte, die anderswo den größten Anteil verschlungen hätten? Möglich war es.

Wenn er mit Nora darüber sprach, zuckte sie die Achseln.

»Wir werden schon sehen«, sagte sie.

Weil ihr Mann sich schämte, es ihr anzuvertrauen, wußte Nora nicht, was ihn bei Florence am meisten störte. Dasselbe Phänomen zeigte sich nun bei Isabel, doch weniger ausgeprägt.

Für die Jungen war er der Vater, war er Dad, so wie Nora die Mutter war, und man spürte, daß es ihnen genügte und sie sich keine Fragen stellten.

Florence dagegen schaute ihn mit Richtermiene an, und manchmal war er gezwungen gewesen wegzuschauen, weil er so verlegen geworden war. Was dachte sie über ihn? Nahm sie ihm übel, daß er kein reicher Mann war? Ihr keinen Wagen kaufen konnte wie ihn manche ihrer Freunde in ihrem Alter hatten, sie nicht aufs College schicken, oder ins Theater nach New York und in die Ferien nach Florida oder Kalifornien mitnehmen konnte?

Sie war erst vier- oder fünfmal in New York gewesen, um Einkäufe zu machen, und selbst die Fahrten nach Hartford konnte man zählen.

Sie mußte doch merken, daß er tat, was er konnte, daß er sich buchstäblich mit seiner Hände Arbeit hochgearbeitet hatte. Sie war in dem Alter, in dem man es verstehen konnte, als sie damals noch in New Jersey wohnten, und er, anstatt abends für den Rotary Club oder den Schularbeitskreis zu arbeiten, ihr ungenügendes Gehalt aufbesserte, indem er die Buchhaltung und die Steuererklärungen für die Kleinhändler und Handwerker der Umgebung machte. Damals kam es oft vor, daß er noch um drei Uhr morgens über den Büchern saß und um sechs Uhr wieder aufstand; es war auch vorgekommen, daß er überhaupt nicht geschlafen hatte.

Nicht ein einziges Mal hatte er bei ihr etwas wie Anerkennung oder Zärtlichkeit verspürt. Sogar eine gewisse Art von Mitleid hätte ihn gelegentlich gefreut.

Kurz, sie schaute ihn so an wie man ein Ameisennest beobachtet.

Nahm sie es ihm übel, daß wegen ihrer beiden Brüder nur wenig Zeit blieb, sich mit ihr zu beschäftigen? Er wußte es nicht. Er wußte nichts und fragte sich, ob andere Eltern fortschrittlicher waren als er in bezug auf ihre Kinder. Manche behaupteten es in gutem Glauben, aber machten sie sich nicht etwas vor?

Die beiden Frauen saßen schon am Tisch, als er in die Küche kam, in der eine Ecke vom Architekten als hübsches Eßzimmer eingerichtet worden war. Zum Mittagessen wartete man für gewöhnlich nicht aufeinander, denn weder Higgins noch Florence hatten regelmäßig Schluß.

Was geschah, wenn die beiden Frauen allein waren, jede auf ihrer Seite des Tisches? Unterhielten sie sich ungezwungener als in seiner Gegenwart? Sprachen sie manchmal über ihn? Heute hatte er diesen Eindruck, aber das hing vielleicht an seiner Stimmung, und so bemühte er sich, ein fröhliches Gesicht zu machen. Vielleicht übertrieb er dabei, denn Florence warf ihm einen solch strengen Blick zu, während sie weiteraß, als hätte er sich in der Öffentlichkeit zum Clown gemacht.

»Ein schöner Tag!« rief er mit einem Blick zum Garten, wo die Ahornbäume zitternde Schattenflecke auf den hellgrünen Rasen warfen.

Nora stand auf, um ihm das Essen zu geben. Ihre Tochter, die immer noch aß, wartete bis er sich gesetzt hatte, schien zu zögern und sagte schließlich:

»Was hast du dir eigentlich dabei gedacht, als du dich ein zweites Mal beworben hast, nachdem sie dich im letzten Jahr abgelehnt haben?«

Er spürte, wie ihm das Blut in die Wangen schoß und seine Ohren brannten.

»Wer hat dir das erzählt?«

»Das ist unwichtig, weil es stimmt.«

»Wie weißt du, daß es stimmt?«

Er sagte irgend etwas, um Zeit zu gewinnen, und ihm schien, als mache seine Frau hinter seinem Rücken Florence Zeichen. Sie wußte es also auch, das bedeutete, daß die ganze Stadt Bescheid wußte.

»Merkst du nicht, daß sie dich nie aufnehmen werden?« sagte seine Tochter weiter.

»Warum?«

»Haben sie dich letztes Jahr genommen?«

»Es ist beinahe die Regel, beim ersten Mal eine Bewerbung abzulehnen.«

»Das hat man dir gesagt, um dich zu trösten. Haben sie dich dieses Jahr genommen?«

»Eine einzige schwarze Kugel war dabei.«

»Hast du sie gesehen?«

»Carney hat es mir versichert.«

»Wer beweist dir, daß er nicht lügt?«

»Laß deinen Vater in Ruhe, Florence«, sagte Nora dazwischen und stellte kaltes Fleisch und ein Glas Milch vor ihren Mann.

»Im Gegenteil«, protestierte er. »Jetzt will ich, daß sie spricht.«

»Was soll ich dir erzählen?«

»Wer hat dir erzählt, was im Klub gewesen ist?«

»Möchtest du es wissen?«

»Furchtbar gern.«

»Ken Jarvis, der mich den ganzen Morgen im Büro geärgert hat.«

Ken war ein zwei- oder dreiundzwanzigjähriger Junge, der gleich nach der High School im Supermarket gearbeitet hatte, und es Gott weiß wie geschafft hatte, nach seinem Militärdienst in die Bank einzutreten. Jedesmal, wenn Higgins kam, um die Tageseinnahmen abzuliefern und der junge Mann hinter dem Schalter stand, sagte Ken spöttisch zu ihm:

»Was machen die Geschäfte, *Chef*?«

Higgins war zu ihm nicht strenger als zu den anderen gewesen, hatte ihm aber mehrmals gesagt, daß er ein Nichtsnutz sei, der es zu nichts bringen würde, wenn er sich nicht änderte.

Wie konnte Jarvis über das, was sich gestern im Klub ereignet hatte, Bescheid wissen? Er gehörte nicht dazu. Er wäre auch nicht zugelassen worden, denn sein Vater war einer der ärmsten Bauern der Gegend.

»Was genau hat er dir gesagt?«

Sie war etwas blaß geworden, fing aber an:

»Daß man sich über dich lustig gemacht hat, daß nur du es nicht merkst und daß man darauf warten kann, bis du dich nächstes Jahr wieder bewirbst, das Jahr darauf wieder und so weiter, bis man dich schließlich aus Altersgründen aufnimmt, wie Moselli.«

Anstatt zu protestieren, sich zu ärgern, schaute er seine Tochter so erbarmungswürdig an, daß sie es war, die wegschaute.

»Entschuldige«, stotterte sie nach einer Weile. »Ich hätte es nicht tun sollen.«

»Was hättest du nicht tun sollen?«

»Es dir erzählen. Ich hasse Ken, dem es Vergnügen bereitet, seine schmutzigen Hände auf meinen Körper zu legen, wenn er mich in einer Ecke erwischen kann, weil er weiß, daß ich es hasse. Es hat mich so gedemütigt heute früh, Zielscheibe für seinen beißenden Spott zu sein.«

»Das bist du nicht.«

Sie protestierte nicht, doch las er an ihrem Gesichtsausdruck, daß sie sagen wollte:

»Es ist ganz egal. Was du machst, fällt automatisch auf die übrige Familie zurück.«

Man mußte beinahe annehmen, daß er Unrecht gehabt hatte, denn auch seine Tochter behauptete es. Es stimmte sicher, daß man sich über ihn lustig machte. Trotzdem wehrte er sich noch dagegen, ohne Überzeugung.

»Ich sehe nicht ein, warum ich nicht zum Klub gehören kann wie jeder andere auch . . .«

Und Florence sagte plötzlich, beinahe wie eine Mutter, wie ein Erwachsener, der ein Kind beruhigt:

»Denk nicht mehr daran.«

»Macht es dir etwas aus, mir Wort für Wort zu wiederholen, was Jarvis gesagt hat?«

»Wozu denn, Dad? Es wäre besser gewesen, ich hätte nichts gesagt.«

Sie stand auf, legte die Serviette auf den Tisch, ging zur Tür. Als sie hinausgehen wollte, zögerte sie, kam zurück und beugte sich hinunter zu einem flüchtigen Kuß auf die Schläfe ihres Vaters.

Als sie gegangen war, herrschte Schweigen, das Nora nach einigen Minuten vorsichtig unterbrach.

»Du mußt dich von ihrer Reaktion nicht beeindrukken lassen. Es geht ihr gerade nicht gut.«

»Ist sie krank?«

»Eigentlich nicht. Sie hat kleine Unannehmlichkeiten wie die meisten jungen Mädchen.«

Er ging nicht weiter darauf ein, war verlegen, weil er verstanden hatte, daß sie auf bestimmte weibliche Körperfunktionen anspielte.

»Wie läuft der Reklameverkauf?«

»Gut.«

»Ist der Vertreter zufrieden?«

»Ich glaube schon.«

Florence hatte mit ein paar Sätzen seine Laune verändert. Mit einem Schlag waren seine Empörung, seine Wut, seine Vorurteile gegen die Leute aus dem Komitee verschwunden oder zweitrangig geworden. Er dachte nicht mehr an die anderen und ihr Verhalten, er dachte an sich und wurde vom Selbstmitleid überwältigt.

Von Mitleid und Ironie, denn eigentlich war er nichts als ein armer Irrer, der sich zwanzig Jahre lang und länger Illusionen gemacht hatte.

Wollte man ihm nicht das damit zu verstehen geben?

Wie war dann aber zu erklären, daß eine Organisation wie diese, zu der er gehörte, daß ein Mann wie Mr. Schwartz, dem man es zutraute, daß er wußte, was er tat, ihm diesen Posten, den er innehatte, anvertraute? Hätte man nicht besser daran getan, ihn bis ins Pensionsalter Parkettböden bohnern zu lassen? Es gibt solche Leute, tüchtige Leute, die nur Arbeiten verrichten, die nicht weiter auffallen. Er selber hatte einen achtundsechzigjährigen Mann im Supermarket angestellt, der nie etwas anderes getan hatte, als Päckchen zu tragen, und den jeder mochte und respektierte. Man hatte sich sogar angewöhnt, ihn Papa zu nennen, da die meisten Leute seinen Namen vergessen hatten.

Hätte er das machen sollen?

»Wußtest du davon?« fragte er seine Frau und schob seinen fast vollen Teller weg.

Sie war nahe daran zu lügen, traute sich aber nicht.

»Ja«, sagte sie widerstrebend. »Aber ich wußte nicht, an welchem Tag das Komitee zusammentreffen würde.«

»Wer hat es dir erzählt?«

»Bill Carney.«

»Wann?«

»Letzte Woche, als ich wegen deiner Tabletten im Drugstore war.«

»Was hat er dir gesagt?«

»Daß ich gut daran täte, mir neue Kleider für die

Bälle des Country Club zu bestellen und er um den ersten Tanz bitte. Du weißt, wie er ist. Er war überzeugt, daß du es mir gesagt hast.«

»Warst du mir deswegen böse?«

»Nein.«

»Und jetzt?«

»Auch nicht.«

»Glaubst du auch, daß man sich über mich lustig gemacht hat?«

Zwei oder drei Sekunden vergingen, bevor sie sagte: »Warum sollte man sich über dich lustig machen?«

»Ich weiß es nicht. Jemand hat eine schwarze Kugel hineingetan.«

»Es gibt überall griesgrämige oder neidische Leute.«

»Florence schien verärgert zu sein.«

»In ihrem Alter ärgert man sich über alles. Sie kann Jarvis nicht ausstehen, und dieser ergriff die Gelegenheit beim Schopf, um sie zu ärgern. Ich bin überzeugt, daß sie schon nicht mehr daran denkt.«

»Schau mich an, Nora.«

Sie drehte ihr Gesicht, das in der Schwangerschaft härtere Züge bekommen hatte, langsam zu ihm.

»Ja?«

»Antworte mir ehrlich. Versprichst du mir, ehrlich zu sein?«

»Ja.«

Er bemühte sich die Tränen zurückzuhalten, die er aufsteigen spürte, denn er war plötzlich sehr bewegt, bewegter wahrscheinlich, stärker gerührt als an dem Abend, an dem Nora und er beschlossen zu heiraten.

»Was hältst du von mir?«

Er konnte sie nicht mehr anschauen, er mußte unwillkürlich den Kopf abwenden.

»Du weißt es genau, Walter, du bist der beste Mensch auf der Welt.«

Das sagte nichts und machte ihm Angst, denn es war die nichtssagende Antwort von jemandem, der lieber nichts sagen will.

»Außerdem?«

»Ich verstehe nicht. Du bist gut zu jedem. Du verbringst deine Zeit damit, zu helfen. Du bist mutig. Du bringst dich um für deine Familie.«

Noras Stimme brach nun auch, und sie war jetzt ebenso verwirrt wie er. Sie schob ihren Stuhl zurück, um aufzustehen – der Bauch machte ihre Bewegungen so schwerfällig –, ging zu ihm, beugte sich hinunter und legte einen Arm um seinen Hals.

»Ich liebe dich, Walter.«

»Ich dich auch.«

»Ich weiß. Warum sich also damit beschäftigen, was die anderen denken?«

Er hatte etwas anderes von ihr erhofft, und seine Besorgnis blieb.

»Und Florence?«

»Florence ist noch ein Mädchen. Übrigens, glaube mir, Florence denkt nichts.«

Es war nicht richtig gewesen von ihm, sich gehen zu lassen. Anstatt ihn zu trösten, hatte seine Frau ihm unfreiwillig noch mehr weh getan, ohne daß er eigentlich wußte warum.

Hatte sie ihm denn nicht gerade gesagt, daß die

anderen ihn nicht als einen der ihren betrachteten, dies aber nicht so wichtig sei, da sie ja zu ihm halte?

Was waren sie also in diesem Fall in ihrem neuen Haus in Maple Street, das sie so viel Geld gekostet hatte und für das sie noch zwölf Jahre arbeiten müßten? Parias? Lebewesen, die sich von anderen unterschieden und dafür taugten, Butter, Fleisch und Konserven zu verkaufen, aber nicht würdig waren, am gesellschaftlichen Leben der Stadt teilzuhaben?

Sie merkte, daß sie es falsch angepackt hatte, daß sie ihn nur härter gemacht hatte, aber sie wußte nichts anderes zu sagen und zog sich mit einem Seufzer zurück, setzte sich wieder an den Tisch und schälte sich eine Birne.

In den zwanzig Jahren ihres gemeinsamen Lebens war es nur selten gleichzeitig zu einem Augenblick der Rührung gekommen. Kurz nach Florences Geburt im Entbindungsheim, dann noch an dem Morgen, einem Herbstmorgen voller raschelnder Blätter, wo sie gemeinsam mit ihr zum Kindergarten gegangen waren, als sie vier Jahre alt war.

Bei den drei anderen hatten sie sich schon daran gewöhnt gehabt. Sie waren auch noch gerührt gewesen, aber nicht mehr in dem Maße, und sie waren es bei jeder Preisverteilung, wenn sie sich anschauten und in ihren Blicken Freude und Trauer zugleich lag.

Jedes Kind war in den Kindergarten eingetreten, und seit sie in Williamson wohnten, wurde das kleine Fest vor den Ferien immer auf der gleichen Wiese abgehalten, vor denselben weißen Häusern mit denselben Liedern und denselben Versen.

Dave war als erster dort gewesen, plump, mit einem noch dicken Bauch und kurzgeschnittenen Haaren; dann war Archie dran gewesen und schließlich lange danach Isabel.

Einige Jahre waren sie nacheinander auf zwei Schulen gegangen, dann waren es drei, da jedes Kind von einer Schule zur anderen übergewechselt war und beim Sport und im Chor den Platz des vorhergehenden einnahm.

Vereinzelt traf man dieselben Eltern, die etwas älter geworden waren, und manchmal sagte einer von ihnen:

»Für mich ist Schluß! Mein Jüngster schließt heute mit der Schule ab.«

Für sie war noch nicht Schluß, da Nora ja neuerlich schwanger war. Wenn Isabel in der Public School sein würde – in den Gebäuden der neuen Schule, mit der ihr Vater sich gerade beschäftigte –, würde das Kind in den Kindergarten kommen, und Archie würde vielleicht, wenn er weiter Begabung zeigte, auf dem College, vielleicht in Yale sein.

»Bist du traurig?«

Er schüttelte den Kopf, um nicht gleich reden zu müssen.

»Gib doch zu, daß du am liebsten heulen würdest.«

Wie am gestrigen Abend schluckte er.

»Es ist nichts. Es ist vorbei.«

»Woran dachtest du?«

»An die Kinder.«

»Was dachtest du?«

»Nichts Bestimmtes. An ihre Schule. An die Tatsache, daß sie größer werden und daß . . .«

»Daß was?«

»Nichts, ich schwöre es dir.«

Er bemühte sich, ihr beruhigend zuzulächeln, fühlte sich dabei sehr unglücklich und sehr zärtlich.

»Du bist eine gute Frau, Nora.«

»Du sagst das eigenartig.«

»Als ich dich heiratete, glaubte ich nicht, daß du so wärst.«

Er bereute es, daß er geredet hatte, denn ihm war, als ob eine Art Schleier vor Noras Gesicht fiel. Aber es war doch nett, was er ihr gerade gesagt hatte. Es sollte keine Kritik sein, im Gegenteil. Es bedeutete, daß er so überwältigt gewesen war, als sie in die Heirat einwilligte, daß er sie egal wie genommen hätte. Und es stimmte, denn wenn man sie auf der High School gesehen hatte, hätte man nicht voraussagen können, daß sie eine so ruhige Frau werden würde, die zufrieden war mit dem gleichförmigen Familienleben, das er ihr bot.

»Es ist Zeit zum Gehen«, seufzte er und stand auf.

»Bist du mir böse?«

»Worüber sollte ich böse sein?«

»Ich habe das Gefühl, daß ich dir weh getan habe.«

»Aber nein.«

Jetzt war er es, der sich zu ihr hinunterbeugte, sie auf den Haaransatz küßte, wobei er seine Lippen fester als sonst draufdrückte. Er flüsterte ihr ganz schnell ins Ohr:

»Entschuldige.«

Er ließ ihr keine Zeit zu fragen, warum. Er hätte es nicht beantworten können, aber er verstand sich. Er war schon auf dem Weg, wo hinten sein Auto stand, als sie ihn von der Tür aus rief:

»Walter!«

»Ja?« rief er, ohne umzukehren.

»Wenn du Carney oder einen der anderen triffst . . .«

Er erriet den Rest.

»Ich verspreche dir, vernünftig zu sein!« sagte er.

Noch eine Regung, die sie ihm verdarb. Sie fürchtete, er würde sich auflehnen, einen Skandal verursachen, die einflußreichen Leute gegen sich aufbringen und vielleicht seine Stellung verlieren.

Das lag nicht in Higgins' Absichten. Er würde sehr vernünftig, sehr liebenswürdig sein, wie er es immer gewesen war. Er würde Carney, wenn er ihn unter der Tür seines Drugstore sehen würde, fröhlich über die Straße zurufen:

»Hallo, Bill!«

Und er würde mit der Mischung aus Vertrautheit und entsprechendem Respekt sagen:

»Guten Tag, Mr. Blair.«

»Guten Tag, Doktor.«

»Guten Tag, Mr. Olsen.«

Es war nicht ihre, sondern seine Schuld. Sie hatten Recht. Ein Higgins hatte nichts im Country Club zu suchen. Er war dort ebenso wenig am Platz wie Moselli, der sich dort nach der ersten Begeisterung unwohl fühlen mußte. Der Country Club, das war vorbei. Er dachte nicht mehr daran. Jedenfalls im Augenblick. Er überlegte sich jetzt, ob Nora unglücklich war oder genauer, ob er sie enttäuscht hatte.

Sie schien Florence und ihr Verhalten zu verstehen, was darauf schließen ließ, daß sie manchmal die gleichen Reaktionen wie ihre Tochter gehabt hatte. Er war sich jetzt aber sicher, daß Florence eine gewisse Verachtung, vielleicht mit etwas Mitleid vermischt, für ihn hegte. Das Haus, die Familie waren für sie eine Last. Sie wäre gerne woanders geboren, irgendwo, und sie hatte seit langem Pläne gemacht, um wegzugehen.

Eine andere Frage war, warum sie noch nicht gegangen war. Es war nicht ihre Art, sich leichtsinnig ins Ungewisse zu stürzen. Sie wußte, was sie wollte, und würde erst dann etwas unternehmen, wenn sie sicher war, ihr Ziel zu erreichen, jedenfalls die Trümpfe in der Hand zu halten.

War es nicht zum Teil eine Eigenart von Higgins? Auch er hatte nie das Schicksal herausgefordert. Er hatte immer hartnäckig die gleiche Richtung verfolgt, hatte ein Ziel gehabt, von dem ihn nichts ablenken konnte.

Es war besser, jetzt nicht an dieses Ziel zu denken, wo es ihm gerade endgültig entglitten war. Es war nicht der Country Club als solcher natürlich, aber trotzdem wäre seine Wahl wie ein Symbol gewesen, wie eine Bestätigung seines Erfolgs.

Ihr Haus war eine Etappe auf diesem Weg, eine Etappe, die ihm lange als die wichtigste erschienen war, wenn nicht sogar als die entscheidende: nicht nur ein komfortables und freundliches Haus, sondern ein Haus in einer ganz bestimmten Art und genau in dem Viertel, in dem es nun stand.

Damals, als er jeden Abend nach Dienstschluß den

Fortgang der Bauarbeiten verfolgte, meinte er, danach wäre es geschafft; er würde nur noch die Früchte der Anstrengungen zu ernten brauchen.

Diesen Gedanken hatte er schon früher, bei ihrer Heirat gehabt, als er noch Botenjunge war und fünfunddreißig Dollar pro Woche verdiente.

»An dem Tag, an dem ich Abteilungsleiter werde«, hatte er ernst zu Nora gesagt, »und wir zweihundert Dollar im Monat ausgeben können . . .«

Er erinnerte sich ganz genau, wo er das gesagt hatte. Die Schüler der High School gaben an jenem Abend ein Konzert auf dem Campus, und die Bewohner der Kleinstadt, die kaum bedeutender war als Williamson, aber mehr Industrie hatte, saßen in Gruppen auf dem Gras, bis es dunkel wurde. Die Kleider der Damen und die Hemden der Herren bildeten helle Flecken in der Dämmerung, und die Mücken umflatterten das bunte Papier der Lampions.

Die Jungen in Hosen und weißem Hemd, den silberbetreßten Hut auf dem Kopf, bliesen in die Hörner, und ein großer hagerer Professor, der im Jahr darauf gestorben war, gab mit seinen endlos langen Armen den Takt an.

Nora war, wie jetzt auch, schwanger. Es war das erste Mal, und für beide war es wie ein Geheimnis, das sie erschreckte und gleichzeitig entzückte. Er hatte nicht gewollt, daß sie sich auf das Gras setzte, aus Furcht vor der Feuchtigkeit und der Anstrengung beim Aufstehen. Nicht ohne Stolz hatte er jemanden von der Schule gefragt:

»Kann ich einen Stuhl haben für meine Frau, die ein Kind erwartet?«

Sie saßen unter einem exotischen Baum mit dunkelroten Blättern, der einen süßen Duft verbreitete. Nora saß auf dem Stuhl, er zu ihren Füßen, und er liebkoste manchmal ihre herabhängende Hand.

»An dem Tag, an dem ich Abteilungsleiter werde und wir zweihundert Dollar im Monat ausgeben können . . .«

Waren sie jetzt glücklicher? Sie trug damals Florence, dieselbe Florence, die bei Tisch soeben zu ihrem Vater gesagt hatte . . .

Es war vorbei. Er dachte nicht mehr daran, wollte nicht mehr daran denken. Ließ sich ein Mann wie Mr. Schwartz, dem er einmal im Jahr auf dem Treffen der leitenden Angestellten begegnete, von gefühlsmäßigen Überlegungen beeinflussen?

Man hatte ihn da hingestellt, wo er hingehörte. Nicht nur das Aufnahmekomitee, sondern auch seine Tochter und unfreiwillig seine Frau.

»Tu, was du tun mußt, und kümmere dich nicht um alles übrige!«

Wer sagte diesen Satz bei jeder Gelegenheit? Arnold war es, den er damals Mr. Arnold nannte, Geschäftsführer der Filiale in Oldbridge, von Beruf Metzger, der nicht darüber hinwegkam, daß er nicht mehr blutige Rindfleischstücke schneiden konnte und bei großem Andrang die Gelegenheit ergriff, mit aufgekrempelten Ärmeln und einem langen Messer in der Hand dem Burschen am Fleischtisch auszuhelfen.

Er war letztes Jahr gestorben. Higgins hatte es durch

das Monatsbulletin der Supermarket Fairfax erfahren. Er hatte bis zu seinem Tod in einem kleinen Haus in Florida gelebt; sein Sohn war Rechtsanwalt in New York, eine seiner Töchter war mit einem Professor aus Harvard verheiratet.

Als er an Jimmie's Tavern vorbeiging, wo an der Bar immer Lastwagenfahrer und Arbeiter irgendeiner Fabrik standen, bedauerte er es einen Augenblick, daß er nicht trank. Es schien ihm eine Erleichterung, eine Ruhepause zu sein, bei der sich die Gedanken vernebelten, bis man die Welt nur noch als Traum sah. Ob es das war, was die Leute im Alkohol suchten?

Er durfte nicht daran denken. Denn vom Alkohol käme er auf seine Mutter und ...

Seine Stirn verdüsterte sich. Glücklicherweise war er vor dem Laden angekommen, und Miss Carroll stürzte sich gleich auf ihn. Man hatte ihn am Telefon verlangt, von der Hauptdirektion in Chicago.

»Mr. Schwartz?« fragte er entsetzt.

»Eine Sekretärin hat mit mir gesprochen, sie hat mir nicht gesagt, von wem.«

Er rief Chicago an, ängstlicher als ihm recht war, denn er hätte ein reines Gewissen haben können. Es war instinktiv. Sogar als er mit der Sekretärin sprach, klang seine Stimme verändert.

»Hier Williamson.«

»Mr. Higgins?«

»Ja.«

»Einen Augenblick, Mr. Foster will Sie sprechen.«

Er war nicht der Chef persönlich, aber doch auch

jemand aus der Direktion, der zwei- oder dreimal in Williamson gewesen war.

»Sind Sie es, Mr. Higgins?«

»Ja, Mr. Foster. Entschuldigen Sie, wenn ich nicht da war, als Sie das erste Mal anriefen . . .«

»Das macht nichts. Sie haben heute einen Reklameverkauf.«

»Ja.«

»Wie läuft er?«

»Sehr gut bis jetzt. Ich kann Ihnen die Zahlen durchgeben.«

»Das ist nicht notwendig. Ich möchte, daß Sie in den nächsten Tagen versuchen, die Reaktionen der Käufer zu erforschen.«

»Ich werde sie wie sonst auch befragen.«

»Nein. Ich wünsche eine gezieltere Untersuchung. Jede Filiale hat die gleichen Anweisungen bekommen. Unter uns gesagt – es muß geheim bleiben –, es kann sein, daß wir das Unternehmen kaufen. Es hat mit zu wenig Startkapital angefangen, scheint aber vielversprechend zu sein. Verstehen Sie?«

»Ja, Mr. Foster.«

»Sagen Sie selbstverständlich nichts dem Vertreter, der bei Ihnen ist. Zeigen Sie nicht zuviel Begeisterung über die Verkaufsergebnisse. Wenn nötig, bremsen Sie ein paar Tage.«

Sieh an! Foster sprach mit ihm beinahe so wie mit seinesgleichen! Ließ ihn die geheimen Pläne der Gesellschaft wissen, während seine eigene Tochter . . .

Er würde sich fügen. Sie brauchten ihn alle, auch Florence, die sich unabhängig glaubte.

»Kommen Sie bitte, Miss Carroll!«

»Ja, Mr. Higgins.«

»Haben Sie die Verkaufszettel von heute morgen?«

»Ja.«

Er sah sie mit geübtem Blick durch, zählte automatisch die Zahlen zusammen.

»Der Werbeverkauf?«

»Ich glaube, daß das blonde Mädchen viel zu dem Erfolg beigetragen hat, vor allem bei den Männern.«

Als sie wieder gehen wollte, machte sie den Mund auf, wurde rot, machte ihn wieder zu.

»Wollten Sie etwas sagen?«

»Ich weiß nicht, ob ich soll.«

»Sie sollen.«

»Na ja. Ich habe gehört, was Ihnen passiert ist, und ich wollte Ihnen sagen, daß ich mich für jene schäme. Sie machen denen zuviel Ehre und eigentlich frage ich mich, ob es nicht besser so ist.«

»Ich danke Ihnen, Miss Carroll.«

»Sind Sie nicht ärgerlich?«

»Nein.«

»Wenn Sie wüßten, wie Sie jeder hier mag und respektiert . . .«

Er bedankte sich bei ihr mit einem Kopfnicken, womit er sie zugleich verabschiedete. Hätte sie nicht auch lieber schweigen sollen? Sie hatte kaum drei Sätze gesagt und doch war ihr ein Wort zuviel herausgerutscht. Sie hatte gesagt, obwohl sie glaubte, etwas Nettes zu sagen:

»Wenn Sie wüßten, wie Sie jeder *hier* . . .«

Und anderswo? Auch im Haus in der Maple Street? . . .

War er denn nur *hier* ein Mann?

4

Die Versammlung war auf acht Uhr angesetzt, und rund um das lange Rathausgebäude mit den weißen Säulen waren Autos dicht an dicht geparkt. Am Spätnachmittag hatte sich der Himmel verdunkelt, war von einem gewittrigen Grau, und in der windstillen Luft hörte man Vogelzwitschern.

Im Saal, in dem auf dem Podium das Sternenbanner aufgepflanzt war, waren ungefähr dreißig Stuhlreihen installiert worden, und alle Plätze waren besetzt. Hinten an der Wand standen Leute, und Higgins hatte beim Hinfahren noch Nachzügler überholt, die Richtung Rathaus liefen.

Sein Platz war auf dem Podium am Tisch des Komitees, dort ließ er sich, mit einer übervollen Aktentasche unter dem Arm, nieder, ohne nach rechts oder links zu schauen; erst als er saß, grüßte er seine Kollegen mit einer Kopfbewegung. Wenn er auch etwas erregter war als sonst, so sah man es ihm doch nicht an, und während er wartete, daß der Präsident mit dem Hammer die Sitzung eröffnete, ließ er seinen Blick über die Reihe der Gesichter schweifen, wie jemand, der eine lange Erfahrung in dieser Art von Versammlungen besitzt.

Das Komitee hatte seine vorbereitende Arbeit beendet, und alle, die an dem neuen Arbeitskreis für den Schulhausbau interessiert waren, waren eingeladen worden, um sich die Berichte anzuhören und danach einen Beschluß zu fassen. Friedensrichter Griffith hatte den Vorsitz. Er war Teilhaber von Olsen, dessen Anwaltspraxis drei Namen aufwies: Olsen, Griffith und Wayne. Wayne, der zwei Häuser weiter oben als Higgins in Maple Street wohnte und dessen Frau das erste Kind bekam, hatte ein paar Wochen zuvor einen jungen Anwalt, Irwin Webb, abgelöst, der in Kalifornien sein Glück versuchen wollte.

Es wurde behauptet, daß Olsen seit zwanzig Jahren unfähig sei, eine ernsthafte Arbeit zu verrichten und daß die Praxis, deren Gewinne zum größten Teil er einsteckte, nur dank seiner Teilhaber weiter existieren konnte. Er saß in der ersten Reihe, wie immer mit hochrotem Gesicht, daneben einige Persönlichkeiten wie Herbert Jackson, das Kongreßmitglied, und der Kabinettschef des Gouverneurs, die beide extra aus Hartford gekommen waren.

Oscar Blair wohnte selten öffentlichen Veranstaltungen bei, nur Wohltätigkeitsversammlungen, aber man konnte sicher sein, am richtigen Platz seinen Direktor, Norman Kellog, zu sehen, der als sein Beobachter und Wortführer fungierte. Er war ein blonder, eleganter, selbstbewußter Mann, den Higgins nicht mochte und dessen ironisches Lächeln er verabscheute.

Anfangs kam durch die hohen Fenster noch weißliches Licht, das sich mit dem gelberen Licht der elektrischen Lampen vermengte, doch schon nach der Rede des Vorsitzenden wurde es draußen allmählich dunkel, während zur gleichen Zeit der Zigarren- und

Zigarettenqualm wie ein schwebendes Tuch über den Köpfen hing.

Er war ohne vorgefaßte Meinung gekommen. Als er aus dem Haus gegangen war, hatte Nora ihn ängstlich angesehen, und er hatte gelächelt, was bedeutete:

»Hab keine Angst. Ich bin vernünftig.«

In drei Tagen hatte er Zeit gehabt, sich an diese Leere zu gewöhnen, in der er sich von nun an bewegte. Es war übrigens eine eigenartige Empfindung, aus der er sogar eine gewisse Lust schöpfte. Er hatte nicht mehr den Eindruck, wie vorher Teil eines Ganzen zu sein. Er war allein. Nicht er hatte das gewollt, sondern die anderen, und er mußte ihr Urteil annehmen. Sogar zu Hause sah er seine Familie mit einer Gleichgültigkeit, die sie in einem anderen Licht erscheinen ließ, als ob er plötzlich Abstand genommen hätte.

Zum Beispiel bemerkte er, daß Dave, der älteste, nicht einfach der nette Kerl war, als den er ihn sich vorgestellt hatte. Auch Dave beobachtete ihn, beobachtete vor allem seine Schwester Florence, der gegenüber er manchmal scheinbar harmlose Anspielungen machte, die doch eine gewisse Schärfe verrieten.

Es war ein bißchen so, als ob Higgins bis jetzt in einem Nebel gelebt hätte, der die Konturen der Dinge verwischte und die Farben löschte. Der Nebel hatte sich aufgelöst und nicht der Sonne, sondern einem harten Licht Platz gemacht, wie es an manchen Abenden herrscht und das die kleinsten Details ausleuchtet.

Er hatte hundert Versammlungen wie dieser hier beigewohnt, politischen oder wohltätigen, und zum ersten Mal sollte er entdecken, was er versucht war, seine Geographie des Saales zu nennen, die übrigens nur eine Projektion der Geographie der Stadt war.

Er hatte sich nie überlegt, warum manche Leute in den vordersten Reihen saßen, während andere sich in einigen Ecken gruppierten. Doch war dies genauso bezeichnend wie die Viertel in Williamson. Sogar die Abwesenheit Blairs hatte ihre Bedeutung. Der Schuhfabrikant, von dem das Schicksal der halben Bevölkerung abhing, stand auf der gesellschaftlichen Stufenleiter zu hoch, als daß er sich bei solchen Zusammenkünften persönlich gezeigt hätte. Außerdem hatte er nicht das Recht, diese oder jene gegen sich einzunehmen, wenn er sich zu Problemen äußerte, die im Prinzip nicht die seinen waren.

Ein anderer Mann mit reichem Besitz, ihm gehörten etwa zehn Bauernhöfe, befand sich in der gleichen Situation mit dem Unterschied, daß er den größten Teil seiner Zeit zwischen Florida und New York aufteilte, wo er in der Park Avenue ein Appartment bewohnte und Williamson ihn nur ein paar Wochen im Jahr zu sehen bekam.

Auch jener, der sich Stewart Hotcomb nannte und dessen Großeltern schon reich gewesen waren, ließ sich durch seinen Verwalter, einen Letten namens Krobusek, vertreten.

Im Saal saßen nun Kellog, Blairs Vertreter, und Krobusek, der Mann Hotcombs, nebeneinander, wie ihre Chefs es getan hätten; beide saßen nicht weit weg von Anwalt Olsen. Sie bildeten sozusagen den Kern, um den herum sich wichtige Persönlichkeiten gruppierten wie auch vermögende ältere Damen.

Jene waren weder an den Reden noch an den darauffolgenden Berichten interessiert, sondern sie waren bemüht, Höflichkeiten und Banalitäten auszutauschen, wie sie es im Theater gemacht hätten.

Die Gruppe, die dahinter folgte, bestand vor allem aus Geschäftsleuten, Unternehmern, dem Doktor und dem stellvertretenden Bankdirektor, der Gemeindesekretärin, Lehrern und Lehrerinnen, schließlich einigen Angestellten, vor allem höheren Angestellten; einige unter ihnen machten sich Notizen für die Diskussion.

Hinten im Saal schließlich zeichneten sich im Halbdunkel die derberen Gesichter ab, die schwarzen Augen der Italiener, die rötlichen Haare der Irländer, Frauen mit einem Kind auf dem Arm und Arbeiter, die keine Zeit mehr zum Umziehen gehabt hatten.

Normalerweise hätte Higgins in der mittleren Gruppe gesessen. Dort hätte er sich instinktiv hingesetzt, wenn er nicht auf dem Podium gewesen wäre. Er bemerkte, daß Doktor Rodgers und seine Frau sich an der Grenze zwischen beiden Gruppen plaziert hatten, als ob sie zur einen wie zur anderen gehörten. Bill Carney saß links vom Präsidenten und mußte heute abend in seiner Eigenschaft als Sekretär den ersten Bericht verlesen.

Es wäre übertrieben gewesen zu behaupten, daß die Versammlung eine Scheinveranstaltung war, denn gleich würde jeder frei abstimmen können. Es traf aber dennoch zu, daß das Komitee, das die Vorarbeit geleistet hatte, auf eine Billigung seiner Vorschläge hoffte.

Das Problem, das zur Debatte stand, war für Higgins nicht neu, denn als Kassenwart kannte er die

Zahlen auswendig und wäre sogar ohne die Unterlagen ausgekommen, die er mitgebracht hatte.

Die Volksschule in Williamson war zu klein geworden, und man hatte mehrere Einzelgebäude mieten müssen, in denen der Unterricht unter ungünstigen Bedingungen ablief. Es war höchste Zeit, ein neues Schulhaus zu bauen, das moderner war und der zunehmenden Bedeutung der Stadt entsprach.

Carney war im Augenblick dabei, die Statistiken vorzulesen, und gab die Zahl der Kinder im schulpflichtigen Alter von vor zehn Jahren an, ihre heutige Zahl und die, die in fünf, zehn, fünfzehn Jahren zu erwarten war.

»Zwei Lösungen«, so erklärte er, »wurden schließlich vom Komitee geprüft . . .«

Sie waren wirklich ernsthaft durchdiskutiert worden. Die Arbeit hatte mehrere Monate in Anspruch genommen, und Higgins hatte dabei den größten Teil übernommen, indem er sowohl mit den Unternehmern als auch mit dem Statistikbüro in Washington Kontakt aufgenommen hatte.

»Die erste ist, eine Schule zu bauen, die den heutigen Bedürfnissen gerecht wird . . .«

Die vorderen Reihen hörten nur zerstreut oder gar nicht zu, denn für sie war die Entscheidung gefallen. Die mittlere Gruppe kannte die Problematik und wartete auf die Diskussion, doch hinten im Saal reckten sich die Hälse, und kein Wort, keine Zahl, wurden überhört.

Die erste Möglichkeit wurde in den Beratungen des Komitees schließlich der Vierhunderttausend-Dollar-

Plan genannt, da dies die Summe war, die eine moderne und für ein paar Jahre ausreichend große Schule kostete.

»Eine zweite Möglichkeit ist vorgeschlagen und nicht weniger sorgfältig geprüft worden: eine Schule zu bauen, die auch noch in zehn, fünfzehn Jahren den Ansprüchen einer wachsenden Bevölkerungszahl genügt. Unser Kassenwart, Walter Higgins, wird Ihnen gleich im Detail die Zahlen nennen, die jedem Projekt entsprechen.«

Die Möglichkeit Nummer zwei kostete ungefähr sechshunderttausend Dollar. In beiden Fällen würde die Bundesregierung einen Teil der Kosten übernehmen, ebenso der Staat Connecticut, trotzdem mußte aber die größte Summe mit Hilfe der kommunalen Steuern erbracht werden.

Das Komitee neigte zum ersten Projekt. Es hatte keine eigentliche Abstimmung gegeben, doch hatte jeder am Tisch seine Meinung gesagt, und Higgins wäre es schwer gefallen zu sagen, wer als erster erklärt hatte, daß das zweite Projekt nicht erwünscht war. Eigentlich war es so gewesen, daß er selber gar keine eigene Meinung vertreten hatte und sich ganz unbewußt der einstimmigen Meinung angeschlossen hatte.

Jetzt war die Reihe an ihm, und er las Seite für Seite Zahlen vor, die er zusammengestellt hatte und die nur wenige Zuhörer mitverfolgen konnten. Fiel nicht immer ihm die undankbarste Rolle zu? Nun geschah es aber plötzlich, daß er die Zahlen nicht mehr den Zuhörern, sondern sich selber vorlas und dabei neue Bedeutungsinhalte entdeckte. Das ging so weit, daß er gegen Ende fast ganz leise redete, und zwei- oder dreimal im Saal gerufen wurde:

»Lauter!«

Er war so gewöhnt, mit Zahlen umzugehen, daß er beim Vorlesen neue Berechnungen anstellte, und zum Beispiel ausrechnete, welchen Steueranteil ein Blair und ein kleiner Bauer bei jedem der Projekte aufbringen mußte.

Ahnte er vielleicht schon, was weiter geschehen würde, als er sich wieder hinsetzte? Er hatte sich noch nicht entschieden. Im Prinzip war er scheinbar noch mit *ihnen*.

Richter Griffith, der vierzig Jahre alt war und dessen Tochter mit Florence in die Schule gegangen war, ließ seinen Blick über die Reihen schweifen:

»Bittet jemand ums Wort?«

Zuerst schauten die Anwesenden einander an, doch keiner wollte die Hand zuerst heben.

»Hat jeder genau verstanden«, fragte der Vorsitzende eindringlich, »daß wir darüber zu entscheiden haben, ob wir das erste oder das zweite Projekt in Hartford oder Washington vertreten?«

Schließlich hob jemand die Hand in den mittleren Reihen, ein junger Lehrer der High School, der schon drei Kinder hatte und den seine neben ihm sitzende Frau zurückzuhalten versucht hatte, als ob sie fürchtete, ihr Mann könnte etwas verkehrt machen, wenn er eingreife.

»In den letzten zehn Jahren«, sagte er mit einer gewissen verhaltenen Aggressivität in der Stimme, wie ein Mann, der entschlossen ist, auszupacken, »hat sich der Baupreis nach den Richtzahlen, die ich gelesen habe, verdoppelt, und er steigt weiter, aller Wahrscheinlichkeit nach in der gleichen Proportion. Nun ist aber, wenn wir dem ersten Projekt zustimmen, das uns vorgelegt wurde, die neue Schule in fünf, acht oder zehn Jahren wiederum unzureichend für die Bevölkerung Williamsons.«

Hinten im Saal wurde geklatscht. In den ersten Reihen beugten sich einige nach vorne, um ihrem Nachbarn etwas ins Ohr zu flüstern, und Olsen, dem gegenüber Kellog sicher seine Besorgnis geäußert hatte, winkte beruhigend ab. Bedeutete das nicht:

»Lassen Sie sie reden! Sie werden trotzdem so abstimmen, wie wir es wollen!«

»Bittet noch jemand ums Wort?«

Zwei oder drei Hände hatten sich gehoben, und Griffith gab Krobusek mit seinem Hammer ein Zeichen.

»Ich spreche im Namen der Grundbesitzer«, begann der Verwalter, »ob sie reich sind oder kleine Bauern oder auch nur ein Haus oder ein Stückchen Land besitzen. Da die kommunalen Steuern nach dem Besitz gestaffelt sind, sind es in Wirklichkeit die Grundbesitzer, die am Ende die neue Schule bezahlen. Unter diesen Bedingungen . . .«

Er gab Zahlen an, die bewiesen, daß vor allem die mittleren Einkommen die Belastung zu tragen hatten, und schloß:

»Ich sehe nicht ein, warum wir uns für Kinder, die noch nicht geboren sind, ruinieren sollen. Wenn morgen eine einzige Industrie die Stadt verläßt« – er sah kurz zu Kellog, der die Schuhfabrik vertrat – »würde das Projekt Nummer eins von heute auf morgen für eine geschrumpfte Bevölkerung viel zu kostspielig . . .«

Andere meldeten sich zu Wort, darunter einer ganz hinten, der zu viel getrunken hatte und überzeugt immer wieder sagte:

»Ich habe acht Kinder und schon drei Enkel. In zehn Jahren habe ich mindestens zwanzig, denn meine Töchter gehen nach ihrer Mutter . . .«

Im Saal wurde gelacht. Man konnte ihn nur mit Mühe zum Hinsetzen bewegen.

Higgins hatte sich noch nicht entschieden. Wenn er die Stirn runzelte, war es wegen Carney, der ihm den Zigarrenrauch ins Gesicht blies.

»Hat noch jemand etwas zu sagen oder will etwas erklärt haben?«

»Wenn bloß endlich eine Schule gebaut wird«, rief eine anonyme Stimme. »Klein oder groß, sie ist auf alle Fälle besser als der Stall jetzt!«

Griffith hob den Hammer, bereit, die beiden Projekte zur Abstimmung zu stellen, als Higgins, beinahe gegen seinen Willen, gegen die Möglichkeit, die er vertrat, bevor er herkam, aufstand. Gleichzeitig bemerkte er, als er kurz über den Saal sah, Florence und ihre Freundin Lucile, die gerade hereinkamen und in der Nähe der Tür stehenblieben. Ihre Anwesenheit ließ ihn nicht einhalten, sondern stachelte ihn vielmehr an.

»Bevor wir zur Abstimmung schreiten«, begann er mit noch ausdrucksloser und rauher Stimme, »möchte ich, wenn es erlaubt ist, einige Gegenargumente darlegen.«

Die, die ihm, während er seinen eigenen Bericht verlesen hatte, eingefallen waren.

»Es ist richtig, daß, wie Mr. Krobusek bemerkt hat, die Grundbesitzer mit ihren Steuern einen Großteil des Schulbaus finanzieren.«

Bill Carney, der vor ihm saß, schaute ihn von unten her an und fragte sich, worauf er hinauswollte. In der ersten Reihe richtete Anwalt Olsen, mit aufgestütztem Kinn, seine wäßrigen Augen starr auf ihn, in dem gleichen befremdeten Interesse, mit dem er eine zoologische Spezies betrachtet hätte. Florence und Lucile rührten sich nicht, blieben stehen, obwohl einer ihrer Nachbarn ihnen seinen Platz angeboten hatte.

»Doch wenn es nicht genug Schulen gibt«, fuhr er fort mit plötzlich vor Erregung brummenden Schläfen, »fänden die Eigentümer, sei es von Fabriken oder Farmen, keine qualifizierten Arbeiter, keine Arbeiter überhaupt, ohne die ein Unternehmen nicht bestehen kann.«

Soeben hatte er mit ihnen gebrochen, mit einem Satz, und er brauchte gar nicht in die ersten Reihen zu schauen, um zu wissen, daß seine Worte wie eine kalte Dusche wirkten. Köpfe beugten sich vor, Stimmengemurmel war zu hören. Doktor Rodgers, dessen Gesicht er kurz sah, schaute ihn mit gerunzelter Stirn erstaunt an, doch wie es Higgins schien, mehr überrascht denn streng.

»Prüfen wir jetzt den Unterschied zwischen dem

ersten und dem zweiten Projekt hinsichtlich der Abgaben . . .«

Er berauschte sich nicht an seiner Bedeutung. Jetzt, wo die Schwelle überschritten war, war er im Besitz all seiner Kaltblütigkeit und konnte sogar die Gesichter anschauen, ohne daß sie ihn verwirrten. Weiter hinten war das Staunen offensichtlich. Kommentare wurden halblaut abgegeben, man stieß sich mit dem Ellenbogen an und lächelte, vielleicht weil Krawall in der Luft lag. Der Betrunkene mit den acht Kindern und den Töchtern, die nach ihrer Mutter gingen, schüttelte den Kopf und brummte:

»Sehr gut! Sehr gut!«

Und seine Nachbarn mußten ihn am Klatschen hindern.

War Higgins dabei, sich für seine gescheiterte Wahl zu rächen? Er hätte geschworen, nach bestem Wissen und Gewissen, daß dem nicht so war. Er war auf niemanden im besonderen böse, doch trotzdem war sein Eingreifen eine Kriegserklärung an den Clan, mit dem er immer zusammengearbeitet hatte und dem er so gerne angehört hätte.

Wie hätte er seinen Drang erklären können? Ob sich Florence hinten an der Tür, die am meisten überrascht sein mußte, täuschte wie die vordersten Reihen?

Sozusagen von einer Sekunde auf die andere, ohne das Für und Wider abzuwägen, hatte er beschlossen, mit ihnen zu brechen. Er wußte selber nicht, warum er seinem Drang nachgegeben hatte, aber er war sicher, nicht einem Neid- oder Rachegefühl gefolgt zu sein.

Er glaubte nicht mehr. Das war die einleuchtendste

Erklärung. Sie waren es, die ihn geächtet hatten, die ihn gezwungen hatten, die Augen aufzumachen, und er sah sie in einem anderen Licht. Sein Bericht soeben, über dem er viele Abende gesessen hatte, war ihm wie ein Schwindel vorgekommen.

Er war nicht aggressiv. Er zeigte ihnen nur vor der ganzen Stadt, daß er nicht länger einer der ihren war.

Neben ihm spielte Bill Carney mit einem Bleistift, qualmte derart, daß Higgins den Rauch, der ihn im Hals kratzte, vertreiben mußte.

Nicht einen Augenblick redete er lauter und bis zur letzten Minute fragte er sich, ob er den Mut hätte, sein schärfstes Argument vorzubringen. Er wußte, es würde bissigen Spott auslösen. Man würde darin den Beweis sehen, daß er nur aus Enttäuschung heraus handelte.

Wenn er bis zum Ende durchhielt, geschah es aus Ehrlichkeit sich selber gegenüber, vielleicht, aber nur unbewußt, auch etwas aus Trotz, und schließlich aus dem Wunsch, eine Art Verfolgter zu werden.

»Der Kostenunterschied zwischen Projekt Nummer eins und Nummer zwei«, sagte er, wobei er jede Silbe betonte, »liegt unter den Kosten für die neuen Gebäude, die der Country Club letztes Jahr zum Vergnügen für seine dreiundsechzig Mitglieder bauen ließ.«

Diesmal wurde in den ersten Reihen gemurmelt, als ob er gerade schockierende, unanständige Worte gesagt oder sich vor der Öffentlichkeit zu unanständigen Handlungen hätte hinreißen lassen. Hinten im Saal dagegen wurde laut geklatscht, und in der Mitte waren, etwas schwächer, einige Bravorufe zu hören.

Als er sich wieder setzte, wußte er, daß er seine Pflicht getan hatte. Trotzdem war er ängstlich, auch wenn er es sich nicht eingestehen wollte. Er suchte mit dem Blick seine Tochter, sah sie mit ihrer Freundin auf einem Stuhl sitzen, aber er konnte auf ihrem Gesicht nichts lesen. Nicht nur, weil sie weit weg war, es war immer schwierig, irgend etwas von Florences Gesicht abzulesen.

»Bittet noch jemand ums Wort, bevor wir zur Abstimmung schreiten?« fragte Richter Griffith, der kurz zu Olsen hinübergesehen hatte, um ihn um Rat zu fragen, und der darauf drängte, Schluß zu machen, als ob er neue Komplikationen befürchtete.

Ohne aufzustehen und ohne sich zum Publikum zu drehen, hatte Olsen laut und klar gesagt:

»Wir sind hier nicht zusammengekommen, um uns mit den Angelegenheiten eines Privatclubs zu befassen, und bis auf weiteres leben wir noch in einem Land mit persönlicher Freiheit des einzelnen.«

Wer alles verdarb, war ein gewisser Purchin, der sich einmischte. Er hatte seit einigen Jahren eine Geflügelfarm am Rand der Stadt. Er war unverheiratet, lebte allein mit seinen Tieren in einem baufälligen Haus und kam manchmal in Jimmie's Tavern, um allein etwas zu trinken.

Er wollte etwas sagen und griff mit haßerfüllter Heftigkeit Higgins' Argumente und Zahlen wieder auf, und als er auf ihn zu sprechen kam, sagte er:

»Wie Genosse Higgins treffend bewiesen hat . . .«

Die Anwesenden wurden unruhig. Man ließ ihn

ziemlich lange reden, aber schließlich kam Erregung auf, Füße trampelten im Takt und eine Stimme rief:

»Nach Moskau!«

Higgins, den Kopf gesenkt, hörte nicht hin und wartete unruhig, daß es aufhörte. Als der Vorsitzende die Ruhe wiederherstellte, indem er mit dem Hammer auf den Tisch klopfte, schob er diesem ein Papier hinüber, auf das er gerade mit Bleistift etwas geschrieben hatte.

»Ich nehme an, es ist meine Pflicht, vor der Abstimmung die Mitteilung zu verlesen, die mir gerade übergeben wurde. Unser Kassenwart Walter Higgins beabsichtigt ungeachtet des Abstimmungsergebnisses zurückzutreten.«

Stille. Nichts. Nicht eine Reaktion. Es war fraglich, ob alle Anwesenden im Saal, in dem es warm wurde, sich der dramatischen Ereignisse bewußt wurden, die sich gerade abgespielt hatten. Aller Blicke waren auf Higgins gerichtet, der den Kopf erhoben hatte, damit man ihn sehen konnte und in diesem Augenblick nahe daran war, sich als Märtyrer zu fühlen.

»Wer für Projekt Nummer eins ist, soll die Hände heben.«

Die ersten wie die Hälfte der mittleren Reihen stimmten dafür, auch hinten erhoben sich einige Hände.

Olsen gab Griffith ein Zeichen.

»Die Gegenfrage. Wer gegen das Projekt ist, soll die Hand heben.«

Carney blickte über den Saal und murmelte, indem er sich vorbeugte:

»Wenn wir die Stimmen nicht auszählen, wird es morgen Proteste geben.«

Es war wirklich schwer zu sagen, welche der beiden Gruppen überwog. Das Komitee besprach sich leise, Higgins vermied es, dabeizusein. Es wurde beschlossen, Papierstückchen zu verteilen und in der Gemeindeurne einzusammeln, die der Sekretär holte, und während dieser Vorbereitungen hörte man laute Unterhaltung.

Higgins wäre besser gleich nach seinem Rücktritt gegangen. Auf dem Podium hatte er nichts mehr zu tun. Wenn er unbedingt wollte, könnte er im Saal bleiben und mit den anderen abstimmen. Es war jetzt schwieriger zu gehen, aber er tat es.

»Sie entschuldigen mich?« sagte er zu Griffith, der sah, wie er aufstand, und nichts dagegen hatte.

Carney sagte nichts. Higgins gab ihnen nicht die Hand, nahm seine Mappe nicht mit und ging zum Ausgang. Als er bei seiner Tochter vorbeikam, die immer noch dasaß, war ihm, als ob sie ihm zulächelte.

Während die Abstimmung vorbereitet wurde, schnappten einige frische Luft unter den Kolonnaden, und es fiel ein weicher warmer Frühlingsregen.

Higgins hatte sein Auto ziemlich weit vom Rathaus entfernt geparkt, weil er keinen Platz gefunden hatte. Er war ohne Hut, und während er langsam im Dunkeln ging, tropfte ihm der Regen auf die Haare und rann über seine Stirn.

Er wußte nicht, ob er Recht oder Unrecht hatte. Er hatte gehandelt, wie er meinte handeln zu müssen, wobei ihm klar war, daß es ziemliche Folgen haben könnte.

Würden sich die Blairs und Kompanie, alle, deren Interessen er heute abend angegriffen hatte, rächen und nicht mehr im Supermarket einkaufen? Sie waren die besten Kunden, denn die Leute hinten im Saal brachten nicht mehr als die Hälfte seines Umsatzes.

Es gab einen anderen Laden in Williamson, der nicht zu einer Ladenkette, sondern jemandem aus der Gegend gehörte. Außerdem gab es in der Unterstadt zwei oder drei italienische Geschäfte, deren Obst- und Gemüsesteigen auf dem Gehsteig ausgestellt waren.

Würde Mr. Schwartz annehmen, Higgins hätte ihn verraten?

Wenn im nächsten Monat die Einnahmen nur um zwanzig Prozent, ja nur um zehn Prozent hinuntergingen, würde man ihm sogleich einen Inspektor schikken, der nach einer Stunde wüßte, was passiert war.

Welche andere Stellung konnte er in seinem Alter noch finden? In Williamson würde ihn niemand einstellen, denn die auf seiner Seite standen, waren arme Leute oder Leute des Mittelstandes.

Er lächelte, als er daran dachte, ein zugleich trauriges und bitteres Lächeln. Er fühlte sich so unbeschwert wie noch nie, als ob er plötzlich alle Gesetze der Schwerkraft überwunden hätte.

Weil er von nun an an nichts mehr gebunden war?

Zum Beispiel an sein Haus, das gestern noch eine Hauptsorge gewesen war, so daß seine Frau und er sich dauernd Gedanken über die Zahlungen machten, die ihnen noch blieben, bis es ihr Eigentum war. Außerdem mußten die Monatsraten für den Fernseher, den neuen Kühlschrank und das Auto bezahlt werden.

Was würde mit all dem geschehen, wenn er seine Stellung verlieren würde?

Es war beinahe nicht auszudenken! Es gäbe nichts mehr! Kein Haus, keine Möbel! Kein Auto mehr. Er könnte nicht einmal mehr die Prämien für seine Lebensversicherung bezahlen.

Er wollte lachen und weinen zugleich und merkte nicht, daß er an seinem Auto vorbeigelaufen war, das er gegenüber der Wäscherei am Gehsteigrand geparkt hatte.

Ob er zu Anfang für das Nötigste Florence um ihre Ersparnisse bitten mußte?

Unwichtig, ob er Recht oder Unrecht gehabt hatte. Es mußte passieren, und es wäre auf diese oder jene Weise doch passiert. Drei Tage lang hatte er diesen Druck auf dem Magen verspürt und war schließlich nahe daran gewesen, sich für einen Besessenen zu halten.

Purchin hatte ihm den ganzen Auftritt verdorben, weil er seinem Einspruch eine Bedeutung gab, die er nicht hatte. In dem, was er, Higgins, gesagt hatte, lag kein politischer Hintergedanke und auch keine soziale Forderung. Er beklagte sich nicht, drohte nicht. Er brachte nur Zahlenmaterial bei, mit dem er sie konfrontieren wollte, denn er kannte es mit am besten.

Er kehrte um, als er die Menschenmenge sah, die aus dem Rathaus kam und setzte sich eilig hinter das Steuer, um Richtung Maple Street zu fahren. Der Ausgang der Abstimmung interessierte ihn nicht. Er war überzeugt, daß er umsonst geredet hatte, daß der Clan die Partie gewonnen hatte, doch trotzdem hatte er getan, was er tun mußte.

Als er nach Hause kam, waren die Jungen schon im Bett, und seine Frau nähte und schaute dabei manchmal in den Fernseher. Sie schien überrascht, nicht über seine Anwesenheit, sondern über seinen Gesichtsausdruck, und sie verbarg ihre Besorgnis nicht.

»Was ist los mit dir?«

Er lächelte. Er lächelte nicht wie sonst, und dieses Lächeln beunruhigte Nora. Man hätte meinen können, daß er, weil er plötzlich aufhörte, das Leben ernst zu nehmen, Dummejungenstreiche machen würde. Doch er hatte das faltige Gesicht eines fünfundvierzigjährigen Mannes, der viel gearbeitet hatte, und dieses Lächeln paßte weder zu seinem Mund noch zu seinen Augen.

»In den nächsten Tagen werden wir wissen, was mit mir geschieht«, sagte er in beinahe unbeschwertem Ton. »Vielleicht in einem Monat.«

»Was meinst du?«

»Das hängt von vielen Dingen ab. Zunächst einmal bin ich zurückgetreten.«

»Zurückgetreten wovon?«

»Von dem Schularbeitskreis.«

»Haben sie deinen Bericht kritisiert?«

»Nein.«

»Hör auf herumzulaufen. Setz dich. Schau mich an. Ich vermute, Walter . . .«

Sie schaute ihn forschend an, als ob ihr eine verrückte Idee eingefallen wäre.

»Was vermutest du?«

»Du hast nicht getrunken, oder?«

Er mußte lachen.

»Ich habe nicht getrunken, nein. In meinem Alter fange ich damit nicht mehr an. Ich habe ihnen einfach meinen Rücktritt erklärt, nachdem ich ihnen zwei oder drei Meinungen gesagt habe.«

»Was hast du ihnen gesagt?«

»Ich habe ihnen erklärt, warum die Grundbesitzer sich dem Projekt Nummer zwei widersetzen, und ich habe ihnen Zahlen genannt.«

Sie hatten genug darüber geredet, so daß sie Bescheid wußte.

»Ich dachte, du seist für das erste Projekt?«

»Ich bin für das erste Projekt gewesen.«

»Wann hast du deine Meinung geändert?«

»Heute abend, als ich meinen Bericht vorlas.«

»Walter!«

»Ja.«

»Hat es einen Skandal gegeben? Sag mir die Wahrheit!«

»Ich habe sie dir gesagt. Ich habe meine Vorstellungen dargelegt und sie mit Zahlen untermauert.«

»Ist das alles?«

»Das hat ihnen nicht gefallen. Vor allem dann nicht, als Purchin, der so etwas wie ein Kommunist oder Anarchist ist, noch anfing, eine zündende Rede zu halten.«

»Was haben sie zu dir gesagt?«

»Wer?«

»Carney und die anderen aus dem Komitee?«

»Nichts. Sie haben meinen Rücktritt angenommen.«

»Sie haben ihn nicht von dir verlangt?«

»Sie haben nicht einmal daran gedacht. Sicher hätten sie ihn morgen oder übermorgen verlangt.«

»Warum hast du das getan?«

»Ich weiß es nicht.«

Er redete immer noch unbeschwert, doch der entsetzte Ausdruck seiner Frau gab ihm allmählich ein Gefühl der Panik.

»Ich glaube, das mußte einmal passieren«, sagte er ernst. »Ich schwöre dir, daß ich recht habe und das erste Projekt der Gemeinde schließlich teurer zu stehen kommt als das zweite. Was sie nicht sehen, ist, daß der Anteil, den Washington und der Staat Connecticut dazusteuern, in Wirklichkeit aus der Tasche aller Steuerzahler kommt.«

»Walter!«

»Interessiert es dich nicht?«

»Antworte mir offen: Hast du ihnen den Krieg erklärt?«

»Vielleicht sehen sie es so.«

»Hast du an deine Stellung gedacht?«

Er warf ihr einen Blick zu, der sie zur Vorsicht hätte mahnen sollen.

»Ja.«

»Gibst du dir Rechenschaft, daß du sie verlieren könntest?«

»Ja.«

»Und daß, wenn du sie verlierst ...«

Sie schaute die Wände ringsumher, ihr Haus an, das ihnen gehörte. Sie sah aus, als ob sie auf die Kinder in ihren Betten deutete, auf ihren Bauch, in dem sie noch eines trug.

»Hast du das Für und Wider abgewogen?«

Er sagte ja, diesmal fast boshaft. Er mußte sich zusammennehmen, um nicht schallend zu lachen. Als er ein Mensch war, der sich fügte, der zu allem Amen sagte und vor einem Stirnrunzeln seiner Chefs Angst hatte, als er an Maple Street und den Country Club glaubte, gelang es selbst Nora nicht, eine gewisse Verachtung vor ihm zu verbergen.

Wer hatte ihm vorgeworfen, daß er, nicht so sehr für sich als für die Seinen, eine Stufe in der gesellschaftlichen Leiter weiterkommen wollte, und wer hatte ihn als naiv bezeichnet, als ihn sein Mißerfolg so berührte? Hatte er zu Hause mehr Trost erfahren als bei Carney und anderen?

Jetzt schaute er den Realitäten ins Auge. Man hatte ihn gezwungen, die Augen zu öffnen. Öffnete er sie nach ihrem Geschmack zu weit, und stellte sich Nora auch auf ihre Seite?

Er wußte jetzt, daß er weder auf sie noch auf irgend jemanden mehr zählen konnte, daß er auf niemanden mehr zählen konnte, außer auf sich selber.

Und die Wahrheit, die er ihr am liebsten ins Gesicht geschrien hätte, war, daß er niemals er selber gewesen war! Nicht nur ihretwegen, gut! Aber sicher zum Teil ihretwegen, weil er sich einbildete, er verdiente sie nicht, sie sei für ein anderes Leben geschaffen, das er ihr um jeden Preis bieten mußte.

Sollte er ihr das ins Gesicht sagen?

Und auch, daß er, als er die Gesichter in den letzten

Reihen beobachtet hatte, begriffen hatte, daß er zu ihnen gehörte? Das war ein Witz gewesen, als man ihn auf dem Podium plaziert hatte! Man hatte ihm Ehrenämter gegeben, stellvertretender Sekretär von diesem, Kassenwart von jenem, aber niemand hatte daran geglaubt, außer ihm, und die anderen hatten sich über ihn lustig gemacht:

»Es reicht, ihn zum Stellvertreter von irgend etwas zu ernennen, und schon macht er die ganze Arbeit!«

Auch der Supermarket. Aber das war eine andere Sache, die noch ihre Zeit brauchte. Das war noch nicht reif. Er müßte es im Auge behalten und würde sicher noch grausame Wahrheiten entdecken.

Verstand Nora denn nicht, daß er entblößt war, daß man ihm bei lebendigem Leib das Fell abgezogen hatte, daß man ihn in Ruhe und ihm Zeit lassen mußte, sich in sich selbst wiederzufinden?

Fünfundvierzig Jahre lang läßt man einen Menschen seinen Weg machen und ermutigt ihn dabei, applaudiert ihm, dann, wenn er beinahe am Ziel ist, hält man ihn ganz brutal an und versichert ihm, daß er auf dem falschen Weg war.

Kehrtwendung!

Er mußte lachen. Kehrtmachen, mit dem Haus im Hintergrund, einer Frau, vier Kindern und einem, das geboren wird, mit dieser Fülle von Einzahlungen, die jeden Monat abzuleisten waren, sonst drohte Arrest oder Gefängnis.

Vielleicht wäre es nach allem vernünftiger gewesen, er hätte geschwiegen, seine Demütigung, seinen

Zorn hinuntergeschluckt und für sich behalten? War es seine Schuld, wenn er explodiert war?

»Ich glaube, du solltest schlafen gehen. Wir reden morgen weiter.«

Worüber reden morgen? Wozu? Um zu versuchen, die Möbel zu retten? Um ihn zu überreden, sich bei diesen Herren zu entschuldigen?

Sein Leitmotiv vom ersten Tag fiel ihm ein, kam ihm beinahe über die Lippen. Er behielt es rechtzeitig für sich, aus Furcht, Nora noch mehr zu erschrecken.

»Ich bringe sie alle um!«

Und als er mit hängenden Armen mitten im Zimmer stand und keiner daran gedacht hatte, den Fernseher auszuschalten, ging ganz leise, ohne daß Schritte zu hören waren, die Tür auf. Es war Florence, einen Schal um ihre dunkelbraunen Haare, Regentropfen im Gesicht und an den Händen. Sie betrachtete neugierig ihren Vater und ihre Mutter und schien sich zu fragen, ob sie sich gerade stritten.

»Ist Mama böse?« fragte sie und wandte sich an ihn.

»Ich weiß nicht.«

»Hast du es ihr erzählt?«

»Ja.«

»Er war gut, Mama. Sehr ruhig. Er hat beinahe gewonnen, nur zwölf Stimmen fehlten.«

Er fühlte einen gewissen Stolz, daß er beinahe den vom Clan beschlossenen Lauf der Dinge geändert hatte. Zugleich war er erleichtert, denn wenn es ihm wirklich gelungen wäre, das Projekt scheitern zu lassen, wäre es hoffnungslos gewesen, sich da herauszuziehen.

Sie waren notgedrungen böse auf ihn. Aber da nichts verloren war, würde ihr Groll vielleicht nicht so heftig sein. Hatte nicht Olsen erklärt, man lebe im Land der Freiheit des einzelnen?

Higgins hatte seine Meinung vertreten, wie es sein Recht, sogar seine Pflicht war, denn sie waren ja zusammengekommen, um zu diskutieren.

Es war ungeschickt von ihm gewesen, den Country Club zu erwähnen, aber das war eine Privatsache. Er hatte es absichtlich getan, weil er ihnen einen Anlaß bieten wollte.

Wenn sie sich jetzt an ihm rächten, stünde das dann nicht im Widerspruch zu ihren eigenen Prinzipien?

Nora stand seufzend auf.

»Also! Hoffen wir, daß sich alles zum Guten wendet. Bis dahin gehen wir schlafen.«

»Du bist ungerecht zu Dad.«

»Ich habe ihm noch keinen einzigen Vorwurf gemacht.«

»Du machst aber kein zufriedenes Gesicht.«

Nora zog es vor, mit ihrer Tochter nicht zu streiten, schaltete den Fernseher aus und ging in die Küche, um das Licht auszumachen.

»Braucht niemand mehr etwas aus dem Kühlschrank?«

»Danke«, sagte er.

»Danke«, sagte Florence wie ein Echo.

Sie sah ihren Vater an, als ob sie einen neuen Menschen in ihm entdeckt hätte.

»Lucile fand auch, daß du sehr mutig warst«, sagte sie ziemlich schnell und ohne besonderen Nachdruck.

Was ihn anging, wußte er nur, daß er fürchterliche Kopfschmerzen und ein beklommenes Gefühl im Magen hatte, als ob er sich übergeben müßte.

Im Bett küßte er seine Frau auf die Wange. Sie küßte ihn auch im Dunkeln und bemerkte:

»Du bist ganz heiß.«

»Ich habe mich erregt«, sagte er und drehte sich wie gewöhnlich auf die rechte Seite.

»Gute Nacht, Walter.«

»Gute Nacht.«

Und sie hörten Florences Matratze quietschen.

5

Am nächsten Tag geschah nichts, wie er es vorausgesagt hatte. Als er nachts zweimal aufgewacht war, hatte er sich jedesmal so erschöpft gefühlt, war sein Körper so heiß gewesen, daß er geglaubt hatte, krank zu sein. Vielleicht war dies die Möglichkeit, alles wieder einzurenken? Wenn er am Morgen zum Beispiel eine Lungenentzündung hätte oder eine andere schwere Krankheit, würde es eine gewisse Zeit dauern, bis er wieder unter die Leute käme. Er bliebe im Bett, seine Frau würde ihn pflegen, eine Zone der Ruhe um ihn schaffen, ohne weitere Erklärungen zu verlangen. Von der Außenwelt sähe er nur Doktor Rodgers, dessen Anwesenheit beruhigend wirken würde.

Der Doktor redete nicht viel, aber das wenige, was er sagte, sagte er mit einer ernsten und eindringlichen Stimme, die beinahe hypnotisch wirkte. Wurde auch er von Problemen geplagt? Zweifelte er manchmal an sich und den anderen? Stellte er sich Fragen wie jene, die Higgins seit Dienstagabend beschäftigten? Es schien unmöglich, denn auf seinem Gesicht lag nur Ausgeglichenheit, und er lächelte so geheimnisvoll wie jemand, der alle Antworten kennt.

Carney, der ihn nicht mochte und sich von Doktor Kahn behandeln ließ, hatte eines Tages über ihn gesagt:

»Er ist ein zufriedener Esel.«

Seitdem konnte Higgins den Doktor nicht mehr ansehen, ohne nicht eine gewisse Ähnlichkeit zwischen seinem langen, etwas grauen Gesicht und dem Kopf eines Esels festzustellen.

Doch am Morgen war er nicht krank, und es gab keinen Grund, im Bett zu bleiben. Wenn er diesmal aufstand, dann nicht, um seiner Familie aus dem Weg zu gehen, sondern weil Sonnabend war und er früh im Supermarket sein mußte. Am Sonnabend standen die Kinder spät auf, vor allem Florence, denn die Bank war geschlossen, und die Küche blieb bis Mittag unordentlich, weil jeder kam und aß, wann er wollte.

Er hätte nicht genau sagen können, was er erwartet hatte, aber er hatte sich vorgestellt, er würde nach dem Skandal von gestern abend in seiner Umgebung irgendeine Reaktion spüren. Es war ihm sogar ein Wort eingefallen: Aussätziger. Er hatte nie einen Aussätzigen gesehen, hatte nur eine verschwommene Vorstellung, was das bedeutete, aber das Wort klang gut, und er stellte sich vor, wie die Leute, wenigstens die meisten, von ihm Abstand hielten, als ob er von nun an der Schandfleck der Gemeinde wäre.

Hatte er das nicht gesucht, als er den Country Club in Frage gestellt hatte? Man wußte, daß er sich beworben hatte und zweimal abgelehnt worden war. Er nahm den Kampf mit jenen auf, denen er tags zuvor noch die Hand geleckt hatte. Entweder strafte man ihn mit Verachtung, oder man würde über ihn spotten. Beide Möglichkeiten gefielen ihm, seine Stellung wäre klar, er könnte seinen Ekel genießen wie manche

Kranke eine krankhafte Freude an ihrem Schmerz haben.

Nun geschah aber nichts, und man hätte glauben können, den Zwischenfall des gestrigen Abends hätte es nicht gegeben. Es regnete immer noch, grau und eintönig wie ein bohrender Schmerz im Zahn, und es sollte den ganzen Tag regnen. An den Autos lief das Wasser herunter, die Frauen schüttelten ihren Regenmantel oder Schirm aus, wenn sie in den Laden kamen. Die meisten hatten ihre Kinder dabei, denn heute war keine Schule, so daß es ziemlich laut war im Laden.

Er hielt sich absichtlich nur in seinem Büro auf, wenn es unumgänglich war, und stand die ganze Zeit, wie der Geschäftsführer eines großen Hotels, bald vor diesem, bald vor jenem Regal. Miss Carroll hatte nichts gesagt, schien ihn auch nicht anders als sonst anzusehen. Sie hatte in normalem Tonfall gesagt:

»Guten Tag, Mr. Higgins.«

Die übrigen Angestellten ebenfalls. Die Kunden wandten sich an ihn nur, wenn sie etwas wissen wollten oder sich beklagten, daß ein Artikel teurer geworden war.

Ihm kam der Gedanke, daß sie es absichtlich machten, daß es sich um eine Verschwörung handelte, um seine Isolierung zu betonen.

Er stand zum Beispiel irgendwann in der Ladentür, als Bill Carney, der vom Friseur kam, barhäuptig, ohne Mantel und wegen dem Regen mit gebeugtem Rücken an ihm vorbeiging. Er blieb nicht stehen, um mit ihm zu reden, sondern winkte und rief:

»Hallo, Walter!«

Higgins wollte ihn ansprechen, ihn fragen, was er von dem, was geschehen war, hielt, aber der Apotheker verschwand schon in seinem Drugstore, ohne sich umzudrehen.

Es war fast so, als ob jeder, indem er sich ganz normal benahm, vermeiden wollte, ihm eine Gelegenheit zur Diskussion zu geben. Um zehn Minuten nach neun Uhr fragte er, auf die Hauptkasse gestützt, Miss Carroll:

»Hat die Köchin von Blairs schon ihre Bestellung durchgegeben?«

»Noch nicht, Mr. Higgins.«

Das war bedeutsam. Sonst gab sie morgens kurz vor neun Uhr eine lange Liste durch. Wenn sie nicht anrief, bedeutete das, daß Blair ihn verurteilt hatte. Inzwischen war Doktor Rodgers' Frau erschienen und grüßte ihn kurz, bevor sie zur Fleischabteilung ging, bei der sie immer anfing. Im selben Augenblick klingelte das Telefon, und Miss Carroll flüsterte ihm mit der Hand auf dem Hörer zu, während sie ihren Block holte:

»Von den Blairs.«

Später, als er in seinem Büro Unterschriften zu geben hatte, bemerkte er durch die Scheibe Mrs. Krobusek, die in Begleitung ihres Dienstmädchens ihren großen Samstagseinkauf machte.

Er mußte annehmen, daß diese Gleichgültigkeit, diese neutrale und gleichmäßige Atmosphäre um ihn abgesprochen war. Das war ihre Art, sich zu rächen, indem sie ihm zeigten, daß seine Attacken ihnen nichts ausmachten.

Eine Erinnerung aus seiner Kindheit kam ihm. Wenn

sie in einer Gruppe von Jungen und Mädchen spielten, kam es vor, daß ein kleinerer oder nicht so geschickter dazukam, und sie sich dann ins Ohr flüsterten:

»Es gilt nicht!«

Das bedeutete, daß der Neue mit den anderen mitrennen konnte, sich einbilden konnte, er spiele mit, aber alles, was er tat, war unwichtig. Er galt als Außenseiter. Man überging ihn. Und er, der dies alles nicht wußte, bot seine ganze Kraft auf, um in dem Spiel eine Rolle zu spielen, die von vornherein für unbedeutend erklärt wurde.

Geschah hier nicht das gleiche? War er nicht auch dabei, als Außenseiter zu gelten?

Leute kamen herein, grüßten ihn mit offensichtlicher Herzlichkeit:

»Hallo, Walter!«

Oder auch:

»Guten Tag, Mr. Higgins.«

Und es war, als ob er sich nie mit dem Schularbeitskreis befaßt, nie im Rathaus das Wort ergriffen hätte.

Wurde ihm damit in subtiler Art bedeutet, daß er sich unschicklich benommen hatte, oder bedeutete dies, daß man ihn nie ernst genommen hatte? Jedenfalls war es nicht nur verwirrend, sondern auch erniedrigend, sich auf einen heldenhaften Kampf vorbereitet zu haben und nun keinen Gegner zu finden.

Man zog ihn nicht zur Rechenschaft. Man fragte ihn nichts, außer warum das Rumpsteak seit der letzten Woche um drei Cents teurer geworden war.

Zwei- oder dreimal im Lauf des Vormittags fror ihn, vielleicht weil er gestern abend ohne Hut und Mantel im Regen gegangen war, und die ganze Zeit wurde er das Gefühl nicht los, daß trotz der Ruhe um ihn, vielleicht wegen der unerwarteten, übertriebenen Ruhe eine Katastrophe unmittelbar bevorstand. Er wußte nicht, wie und wann sie eintreten würde. Sie konnte jeden Augenblick passieren. Jemand käme herein, benähme sich anders als sonst und sagte ihm plötzlich bittere und herausfordernde Sätze mitten ins Gesicht.

Gegen seinen Willen schaute er verstohlen zum Eingang, sah sich die Gesichter der Vorbeigehenden an, und war dann einigermaßen beruhigt, daß alle, die vorbeikamen, wie gewöhnlich samstags ihren Einkauf machten.

Er vergaß nicht, was Chicago ihm aufgetragen hatte bezüglich der Schuhcreme und stand lange vor dem Sonderstand, um den Hausfrauen manchmal Fragen zu stellen.

»Haben Sie sie probiert?«

Wenn sie bejahte, fragte er weiter:

»Sind Sie mit dem Ergebnis zufrieden?«

Auch Nora kam gegen elf Uhr, redete nur kurz mit ihm, um ihn zu fragen, ob sie nun Hühnchen kaufen sollte. Ihr Gang war müder als in den letzten Tagen. Nach den Berechnungen des Arztes würde sie in etwa zwei Monaten niederkommen, und wegen dem Gewicht ihres Bauches hielt sie ihren Oberkörper beim Gehen nach hinten.

Am Mittag regnete es immer noch, und es hatte sich nichts ereignet. Um Viertel nach zwölf beschloß er, zum Essen nach Hause zu gehen, um nicht den Eindruck zu erwecken, er würde sich vor einer Auseinandersetzung mit seiner Frau drücken – falls sie darauf bestand. Er fuhr an der Garage vorbei, weil seine Scheibenwischer nicht gingen. Purchin stand dort neben seinem alten Jeep, den er volltankte, und winkte ihm nur kurz zu, ohne etwas zu sagen.

Higgins verstand nichts mehr. Der Tankstellenbesitzer sagte:

»Schon gemacht, Walter. Ein kaputter Kontakt.«

»Danke, Jim.«

Trotzdem war er sicher, daß ihm irgend etwas passieren würde, und der Schlag kam aus einer Richtung, mit der er am wenigsten gerechnet hatte. Es schien überhaupt nicht mit Williamson und mit den Beschäftigungen des Walter J. Higgins zusammenzuhängen, dem Geschäftsführer des Supermarket und Kassenwart des Schularbeitskreises.

Als er nach Hause kam, saßen alle am Tisch, auch Isabel und die beiden Jungen, und er gab allen einen Kuß auf die Stirn, bevor er sich setzte und die Serviette auseinanderfaltete.

»Kann ich ins Kino, Dad?« fragte Archie und schaute ängstlich auf seine Mutter, die die Gewohnheit hatte, nein zu sagen, bevor Higgins den Mund aufgemacht hatte.

Diesmal griff sie nicht ein, und als er sie beobachtete, stellte er fest, daß sie verstimmt zu sein schien.

»Wenn deine Mutter es erlaubt.«

»Soll er machen, was er will«, seufzte sie.

»Und du, Dave, was machst du heute nachmittag?«

»Wenn es nicht mehr regnet, trainiere ich Baseball.«

Die Saison hatte noch nicht begonnen, doch die

Jugend hatte schon mit dem Training angefangen auf dem Spielfeld der Stadt. Sollte Higgins auch dort zurücktreten? Er war stellvertretender Kassenwart des Baseball-Klubs und beaufsichtigte einmal in der Woche abends das Training der Juniorenmannschaft.

»Was hast du?« fragte er seine Frau, die ihm gerade Essen gab und sich wieder setzte.

»Nichts.«

»Fühlst du dich nicht gut?«

Sie gab ihm zu verstehen, er solle nicht vor den Kindern weiterfragen, und das genügte, um ihm einen Schreck einzujagen. Was war seit dem Augenblick, als er sie im Supermarket gesehen hatte, geschehen, daß sie so sorgenvoll aussah und nicht vor den Kindern darüber sprechen konnte?

Diese hatten es eilig und wollten den Nachtisch haben. Isabel trödelte wie gewöhnlich, denn sie kaute jeden Bissen langsam und schaute sie dabei der Reihe nach an.

Das Essen kam ihm unendlich lang vor.

»Kann ich den Fernseher anmachen?« fragte Isabel, als die Jungen nach draußen gestürzt waren.

Nora rief an der Tür:

»Dave! Komm her! Ich möchte, daß du deinen Regenmantel mitnimmst!«

»Es regnet fast nicht mehr, Mama!«

»Komm her!«

»Kann ich das Fernsehen anmachen, Dad?«

Er sagte ja, damit er mit seiner Frau allein in der Küche bleiben konnte, denn Florence ging auf ihr Zimmer, wo sie auf ihrem Bett las oder schrieb.

Nora kam zu ihm und trug, ohne ihren Nachtisch aufzuessen, das Geschirr in das Spülbecken.

»Was hast du?«

»Aus Glendale kam ein Anruf.«

»Wann?«

»Gerade als ich nach Hause kam; ein Glück, daß ich rechtzeitig da war, denn Archie wollte gerade den Hörer abnehmen.«

Er wußte nicht, wie er fragen sollte, traute sich nicht zu fragen: »Ist sie tot?«

Seine Frau murmelte nur:

»Wie sonst auch.«

»Heute nacht?«

»Oder heute ganz früh morgens. Sie haben es um zehn Uhr gemerkt und uns gleich benachrichtigt.«

»Haben Sie die Polizei benachrichtigt?«

»Ja. Aber du weißt, wie sie ist . . .«

Durch die Ironie wirkte es beinahe komisch. Er kämpfte gegen eine ganze Stadt, schlug sich sozusagen für das, was er als seine Menschenwürde ansah. Nun kam der Schlag nicht von den Einwohnern Williamsons, sondern von seiner eigenen Mutter.

Jetzt mußte man auf alles gefaßt sein, auf ihr Erscheinen im Supermarket oder an der Haustür in der Maple Street, wie auf einen Anruf von der Polizei, vom Sheriff oder irgendeinem Geschäft.

Glendale lag ungefähr hundert Meilen entfernt im Staat New York, aber sie hatte vielleicht einen Bus oder den Zug genommen, oder sie brachte es auch fertig, per Anhalter zu fahren, indem sie eine herzzerreißende Geschichte erzählte. Es war schon einmal vorgekommen, und Higgins hatte alle Mühe gehabt, den Autofahrer, der sie mitgenommen hatte, einen Industriellen aus Providence, davon zu überzeugen, daß er kein mißratener Sohn war. Als er sich bemühte, ihn davon zu überzeugen, konnte er sehen, wie seine Mutter, die hinter seinem Gesprächspartner saß, ihm Grimassen schnitt, die heißen sollten:

»Das geschieht dir ganz recht!«

Sie jauchzte in solchen Fällen. Es waren die schönsten Augenblicke ihres Lebens.

»Hat man dir gesagt, ob sie Geld bei sich hatte?«

»Warum sollte sie keines haben? Sie verschafft sich doch alles, was sie bekommen kann.«

Einmal war es ihr gelungen, in Glendale, wo man sie immerhin beobachtete, den Wasserhahn im Badezimmer abzuschrauben und ihn wie einen Schatz unter ihrem Kopfkissen zu verstecken.

Es war keine Pflegeanstalt, sondern ein Sanatorium, und die Pension kostete Higgins über ein Viertel seines Gehalts. Er hätte sie zur Not auch in eine öffentliche Anstalt stecken können. Der Spezialist, mit dem er zuletzt darüber gesprochen hatte, hatte selbst die Frage angeschnitten.

»Ich kann Ihnen zum Beispiel nicht versprechen, daß man sie in einem halben oder in zwei Jahren nicht wieder entlassen wird. Nicht nur weil die Krankenhäuser zum Bersten voll sind und man gezwungen ist, die Irren frei herumlaufen zu lassen, sondern weil Ihre Mutter, vom streng gesetzlichen Standpunkt aus, nicht verrückt ist.«

Seit Dienstagabend hatte er zehnmal angefangen, an

sie zu denken und das Menschenmögliche getan, um das Problem zu verdrängen. Auch bei Nora vermied er dieses Thema lieber, und er hatte ihr nie gesagt, was er insgeheim dachte.

Wenn zum Beispiel von Alkohol geredet wurde, oder wenn er, wie gestern im Halbdunkel die Gesichter hinten im Saal sah und sich sagte, daß er eigentlich zu denen gehörte ...

Wie alt war sie jetzt? Er mußte immer nachrechnen. Fünfundvierzig und dreiundzwanzig. Sie war achtundsechzig Jahre alt. Sie war klein und schlank und so zierlich, daß man meinte, ein Windstoß würde sie umwerfen, und trotzdem war sie von einer unglaublichen Vitalität und nie in ihrem Leben krank gewesen.

Zwei- oder dreimal im Jahr besuchte er sie mit dem Auto, beinahe immer allein. Seit Nora schwanger war, hatte sie ihn nicht mehr begleitet, denn man hatte ihr vom Autofahren abgeraten. Was die Kinder anging, so hatten sie sich seit dem letzten Besuch, bei dem Florence dabei war, als sie sieben Jahre alt war, nicht mehr getraut, diese mitzunehmen.

»Man sollte meinen, ein kleines gelehriges Äffchen!« hatte die alte Frau gesagt, als sie das Mädchen von unten bis oben gemustert hatte.

Und als sie draußen waren, hatte Nora gemerkt, daß ihre Schwiegermutter die Goldkette hatte verschwinden lassen, die Florence um den Hals trug. Sie wurde nie wieder gefunden. Der Leiter des Sanatoriums, ein Däne namens Andersen, war verblüfft über die Bosheiten seiner Insassin.

Das Haus beherbergte etwa vierzig Patienten, von

denen die meisten nicht mehr ganz jung, einige gebrechlich waren, und in den ersten Wochen hatte es Beschwerde über Beschwerde gegeben, weil alle persönlichen Wertgegenstände verschwanden. Higgins, der auf einen Anruf hin gekommen war, hatte mit seiner Mutter verhandelt, damit sie die gestohlenen Sachen wieder zurückgebe.

»Jeder für sich!« hatte sie ihm nur geantwortet. »Wenn ich nichts mehr habe, wird mir niemand etwas zu essen geben, und ich habe genug Hunger gehabt!«

Sie sagte das Wort »Hunger« mit tragischem Ton, wie jemand, der weiß, was das heißt, und Higgins wurde es dabei jedesmal eng ums Herz.

»Du weißt genau, Mama, daß ich dich nicht Not leiden lasse!«

»Ich weiß überhaupt nichts. Jeder für sich. Das ist das einzige, was mich das Leben gelehrt hat.«

Die Bewohner von Williamson würden es vor allem jetzt nicht glauben, aber er hatte sich nicht leichten Herzens entschlossen, sie in ein Heim zu geben. Als er in Oldbridge geheiratet hatte, lebte seine Mutter schon mehrere Jahre nicht mehr bei ihm. Hatte sie überhaupt regelmäßig bei ihm gewohnt? Es kam dauernd wieder vor, daß sie für Wochen oder Monate verschwand. Sie ging irgendwohin, fand eine Stellung als Bedienung in einer Cafeteria oder als Zimmermädchen in einem Hotel, oder als Geschirrspülerin, irgend etwas.

Man verstand ihre Launen und wunderlichen Anwandlungen erst, wenn man wußte, daß sie heimlich trank und es so geschickt anstellte, daß man ihr erst nach einiger Zeit auf die Spur kam. Schließlich merkte man auch, daß Gegenstände verschwanden, manchmal Geld, aber dann nur kleine Beträge. Als sie einmal zwei Teelöffel gestohlen hatte, und die Polizei, die gerufen worden war, sie ausfragte, hatte sie gleichgültig geantwortet, als ob das, was sie getan hatte, etwas ganz Selbstverständliches sei:

»Er hatte zu viele davon. Zum Beweis haben sie einen Monat gebraucht, bis sie merkten, daß diese beiden Löffel fehlten.«

Auf diese Besonderheit spielte der Arzt an, wenn er von ihrer Verantwortlichkeit gegenüber dem Gesetz sprach.

»Sicher ist, daß sie unter dem Einfluß eines beinahe unwiderstehlichen Drangs stiehlt«, sagte er, »aber es ist auch sicher, daß sie einen Sinn besitzt für das, was verboten, und das, was erlaubt ist, und daß sie aus Schadenfreude das Gesetz übertritt.«

Sie bot den Anklägern wie der Polizei die Stirn.

»Wo haben Sie die Gegenstände versteckt, die Sie gestohlen haben?«

»Ich habe sie nicht gestohlen, ich habe sie genommen.«

»Wo sind sie?«

»Suchen Sie.«

Oft fand man sie nicht. Sie mußte irgendwo, Gott weiß wo, ein oder mehrere Verstecke haben, wo sie ihre Schätze aufhob.

Was sie in Glendale am meisten quälte, waren die fehlenden alkoholischen Getränke, obwohl man sie mehrmals völlig betrunken auf ihrem Bett gefunden hatte. Wie sie an den Alkohol gekommen war, wurde nie geklärt, und der Direktor, der nicht mehr wußte, was er machen sollte, hatte gedroht, sie zu ihrem Sohn zurückzuschicken.

»Warum tust du das, Mama?«

Sie sah ihn spöttisch an.

»Weiß du nicht, daß das nicht gut ist?«

»Du kannst mit mir wieder darüber reden, wenn du so alt bist wie ich, das heißt, du wirst mit mir nicht darüber reden, denn du bist vorher tot.«

Er war überzeugt, daß sie ihn nicht liebte, sogar einen gewissen Haß ihm gegenüber empfand. Liebte sie seine Schwester mehr, die der Vater mitgenommen hatte und von der man nie wieder etwas gehört hatte?

Es war eigenartig für Higgins, wenn er daran dachte, daß er irgendwo auf der Welt eine Schwester hatte, die zwei Jahre älter war als er, die sicher verheiratet war und auch Kinder hatte, und von der er nur wußte, daß sie Patricia hieß. Patricia Higgins. Wenn sie verheiratet war, trug sie einen anderen Namen, und er hätte auf der Straße an ihr vorbeigehen können, ohne es zu wissen, denn sie war drei Jahre alt, als sie weggegangen war, und er selbst war damals erst zehn oder elf Monate gewesen.

Wußte in Williamson jemand Bescheid über seine Vergangenheit? In der Nacht nach der schwarzen Kugel war ihm einen Augenblick lang der Gedanke gekommen, Mitglieder des Aufnahmekomitees hätten vielleicht Verwandte in Oldbridge in New Jersey und hätten seine Geschichte erfahren.

Es gab auch arme Leute in Williamson, vor allem in dem Viertel um die Schuhfabrik. Es gab notorische

Trinker, die für die Gesellschaft bedeutungslos waren und die man nachsichtig vorbeigehen sah. Schließlich gab es eine Familie, die O'Connors, die in beinahe primitiven Verhältnissen lebte, in einer Baracke inmitten von Müll und mehr oder weniger zahmen Tieren. Mit den Eltern waren es elf oder zwölf, alle mit rötlichen Haaren, alle struwwelig, aber alle auch vor Gesundheit strotzend; die Jüngsten, Zwillinge, die auf den bergab gehenden Straßen mit Fahrrädern ohne Reifen herumfuhren, waren der Schrecken aller Mütter.

Nur hatte kein O'Connor bisher die Absicht gehabt, sich beim Country Club zu bewerben. Einer der Jungen, ein Sechzehnjähriger, der auf die High School ging, war etwas zivilisierter als die anderen und arbeitete verbissen, um sich eine Stellung aufzubauen. Im letzten Sommer hatte er in den Ferien im Supermarket gearbeitet, und Higgins mußte immer, wenn er ihn sah, an seine eigene Jugend denken.

Doch die O'Connors waren eine richtige Familie und hatten niemals Schwierigkeiten mit der Polizei gehabt außer wegen Hygienefragen oder Wilderei. Seine, Higgins, Herkunft war undurchsichtiger. Er kannte sie selbst kaum. Er hatte sich die Geschichte stückchenweise zusammengesucht, die fehlenden Teile erraten, und er war nicht immer sicher in bezug auf den Wahrheitsgehalt der Einzelheiten, die ihm seine Mutter von Zeit zu Zeit mit teuflischer Genugtuung lieferte.

Sie hieß Louisa Fuchs und war ihren Papieren nach in Hamburg in Deutschland geboren, genauer in Altona auf der anderen Seite des Flusses, wo die Schiffswerften liegen. Dort hatte ihr Vater gearbeitet, der einmal, als er betrunken war, von einem Gerüst gefallen und ums Leben gekommen war. Er hatte acht oder neun Halbwaisen hinterlassen.

»Wie alt warst du damals, Mama?«

»Fünfzehn Jahre. Zwei, Hans und Emma, waren älter als ich.«

»Lebte deine Mutter noch?«

»Man hatte sie in ein Sanatorium gesteckt, denn sie hatte sozusagen keine Lungen mehr. Zwei meiner Brüder hatten auch Tuberkulose. Einer ist gestorben, als ich noch in Deutschland war.«

»Hat Emma euch großgezogen?«

Sie schaute ihn damals mit funkelnden Augen an, als ob er der naivste Mensch auf der Welt sei.

»Man merkt, daß du Amerikaner bist.«

»Hat sie sich nicht um euch gekümmert?«

»Sie war genug mit sich selber beschäftigt, um den Lebensunterhalt zu verdienen.«

»Wie?«

»Wie die Mädchen in der Fabrikgegend in Altona ihr Geld verdienen.«

Er traute sich nicht zu fragen:

»Und du?«

Denn er hatte Angst vor der Antwort. Sie redete weiter: »Mit fünfzehn fing ich als Bedienung in einem Café an. Mit achtzehn schiffte ich mich ein, zusammen mit einer Freundin, einem dicken Mädchen, die soviel Bier trank, wie sie bezahlen konnte, und die Gertrud hieß. Wir sind beide nach New York gefahren, zu einer Zeit, als das Leben noch nicht so leicht war wie heute für zwei Mädchen, die kein Wort Englisch konnten. Ein Jahr lang sind wir nicht über den Kai, an dem unser Schiff angelegt hatte, hinausgekommen. Wir wurden im gleichen Hotel angestellt.«

Er wußte, daß sie anschließend herumgereist war, denn sie hatte ihm von Chicago, Saint-Louis und New Orleans erzählt. Aus dieser Zeit besaß sie nur ein ganz kleines Foto von sich, auf dem sie beinahe dicklich aussah, mit den gleichen boshaften Augen und krausen Haaren um das Gesicht.

Ob sie schon die Manie hatte, alles mitgehen zu lassen, was ihr in die Finger kam, und war das der Grund für das häufige Hin und Her? Ob ihre Freundin Gertrud schuld daran war, daß sie trank? Er hätte es gern gewußt, und gleichzeitig wollte er lieber nicht mit bestimmten Wahrheiten konfrontiert werden. Er hatte auch nie erfahren, wie sie nach Oldbridge gekommen war, einer kleinen Stadt, beinahe einem Dorf, fünfundvierzig Meilen von New York entfernt. Dort gab es ein Hotel, Auberge du Devonshire, in dem sie bediente, als Higgins ihr begegnet war.

Über seinen Vater wußte er noch weniger, und er hatte ihn nie gesehen, denn er war mit seiner Schwester weggegangen, als er noch ein Säugling war. Sicher war, daß er Louisa geheiratet hatte, denn sie besaß ordentliche Papiere, die sie hütete wie ihren Augapfel.

»Was machte er, Mama?«

»Er war Handelsreisender.«

»Was verkaufte er?«

»Das kam darauf an.«

Ihre Augen funkelten immer noch genauso ironisch, nicht bitter, sondern hinterhältig und grausam.

Sie fügte absichtlich hinzu:

»Er war auch nicht mehr wert als ich.«

»War er im Gefängnis?«

»Vielleicht danach? Vielleicht davor? Nicht, als ich mit ihm zusammen war. Doch war er nur sehr wenig bei mir!«

Soweit er die Tatsachen rekonstruieren konnte, war sein Vater auf einer seiner Rundreisen in der Auberge du Devonshire abgestiegen. Warum hatte er sich in einer so obskuren Ortschaft wie Oldbridge aufgehalten, wo es sicher nicht viel Aufträge gab für einen Vertreter? Das blieb ein Geheimnis. Doch hatte er Louisa geheiratet, und sie hatten eine Zeitlang eine Wohnung in der Stadt. Seine Mutter hatte sie ihm gezeigt, denn das große kasernenähnliche Gebäude, in dem etwa dreißig Familien wohnten, existierte noch.

»Er fuhr dann für zwei oder drei Monate weg, schickte mir manchmal eine Überweisung oder eine Postkarte. Deine Schwester wurde geboren, und er hat sie erst sechs Wochen später gesehen, als er aus Kalifornien zurückkam. Er mochte sie gleich sehr gern. Er wollte, daß sie und ich mit ihm kommen, aber ich wollte nicht und hörte ein Jahr nichts von ihm. Als er zurückkam, war ich im Gefängnis, und er holte mich heraus. Man hat mir immer Schwierigkeiten gemacht, und das ist heute noch so. Neun Monate später kamst du auf die Welt und hattest einen so großen Kopf, daß ich deshalb beinahe gestorben wäre und deswegen für den Rest meines Lebens gebrechlich bin.«

Es schockierte ihn, daß sie ihm solche Einzelheiten erzählte, und er wußte, sie tat es, um ihn in Verlegenheit zu bringen.

Der Psychiater, den er zuletzt konsultiert hatte, hatte gesagt:

»Wenn wir hier nicht arbeiten müßten wie die Tiere, ununterbrochen beinahe, würde ich Ihre Mutter in meine Abteilung nehmen und ihren Fall gründlich untersuchen, denn sie ist eine der außergewöhnlichsten Persönlichkeiten, die ich kennengelernt habe.«

Man konnte nicht einmal herausfinden, ob sie unglücklich war, so schien sie ihre Extravaganzen zu genießen, vor allem, wenn sie ihrem Sohn etwas vorwarf, mit dem sie eine alte Rechnung zu begleichen schien.

»Du siehst ihm ähnlich«, hatte sie ihm einmal erklärt, als sie von Higgins erzählte. »Auch er hatte einen großen Kopf, war aber gleichmäßiger gebaut und stärker als du.«

Eines Tages war er nach Oldbridge zurückgekehrt, wie das in gewissen Abständen der Fall war, und hatte verkündet:

»Ich gehe. Ich nehme Patricia mit und lasse dir den Jungen.«

Seine Mutter, so schien es, hatte darauf bestanden, das Mädchen zu behalten, aber er hatte nicht darauf verzichtet.

»Übrigens«, so hatte er eingewendet, »ist der Junge zu klein.«

Die ganze Nacht war in ihrer Wohnung lauter Streit zu hören gewesen, und die Mieter hatten an die Wand geklopft, weil sie ihre Ruhe haben wollten. Um sechs Uhr früh fuhr Higgins mit dem ersten Zug und nahm das Mädchen mit.

Nora wußte davon, denn sie stammte aus Oldbridge und hatte Louisa gekannt; aber es gab Einzelheiten, wie das mit Hamburg, von denen er ihr nie erzählt hatte.

In seiner Kindheit putzte seine Mutter überall, arbeitete manchmal in einer Bar oder einem Hotel der Umgebung, gab ihn zu einer Nachbarin und blieb, wie vorher sein Vater, zwei oder drei Monate weg, bis sie wieder auftauchte.

Er war acht Jahre alt, als er das erste Mal ganz allein zur Polizei ging, um sie abzuholen, und er hatte sich daran gewöhnt, die Beamten begrüßten ihn herzlich und fanden ihn tüchtig.

Mit sechzehn Jahren war er es gewohnt, in dem einzigen Zimmer, das sie bewohnten, beinahe immer allein zu sein, er führte den Haushalt und kochte sich selber.

»So, du hast also beschlossen, ein Herr zu werden«, warf sie ihm ins Gesicht, wenn sie ihn unvorhergesehen über seine Bücher und Hefte gebeugt antraf.

Sie mußte darüber lachen, lachte lautlos, fast drohend.

»Wenn du glaubst, sie werden zulassen, daß der Sohn von Louisa und dieser Kanaille von Higgins einer der ihren wird!«

Sie trank immer mehr, und oft las man sie auf dem Gehsteig auf und brachte sie ins Krankenhaus. Sie entwischte mit verblüffender Geschicklichkeit, kannte alle Tricks und besaß entsprechendes Draufgängertum.

Schließlich begnügte sie sich in den Geschäften nicht mehr mit kleinen Gegenständen, sondern suchte sich die sperrigsten, die man am schwersten verstecken konnte, selbst wenn sie sie gar nicht gebrauchen konnte.

Wenn man sie an der Tür abfing, verlor sie nicht die Fassung.

»Beweisen Sie doch, daß ich nicht bezahlen wollte.«

Sie hatte Nora vom ersten Tag an nicht ausstehen können, und Higgins war überzeugt, daß sie sie schikanieren wollte, als sie ein paar Monate nach der Hochzeit ankündigte, sie beabsichtige, bei ihnen zu wohnen. Sie hatte es nicht bei der Ankündigung belassen. Eines Morgens kam sie mit ihren Sachen und verschnürten Schachteln, die Gott weiß was enthielten, in ihre Wohnung.

»Ich habe mir gesagt, meine Liebe, Sie werden jetzt, wo Sie schwanger sind, sehr froh sein, wenn Sie jemanden haben, der Ihnen hilft.«

Wie oft hatte er, wenn er abends nach Hause kam, Nora in Tränen aufgelöst in der Küchenecke angetroffen.

Sie hatten Geduld gehabt.

Sie hatten nur einmal eine Verschnaufpause, als Louisa wegen einer schwereren Anklage als sonst ein paar Wochen im Gefängnis saß.

Der Bezirksanwalt hatte Higgins schließlich in sein Büro gebeten.

»Es wird Zeit, daß Sie irgend etwas unternehmen, um dem ein Ende zu machen«, hatte er ihm wütend erklärt. »Diese Komödie kann nicht ewig so weitergehen!«

»Sie wissen genau, daß sie nicht weiß, was sie tut.«

Der andere schaute ihn mit harten Augen an.

»Wollen Sie wissen, was ich denke? Diese Frau da ist nicht verrückter als Sie oder ich. Die Wahrheit ist, daß sie es allen Leuten, Ihnen und Ihrer Frau besonders, heimzahlen will, was sie im Leben mitgemacht hat, bis an ihr Lebensende.«

»Was raten Sie mir?«

»Was Sie machen, geht mich nichts an. Das ist Ihre Sache. Ich verlange nur, daß Sie sie uns vom Hals schaffen, wenn nicht, stecke ich sie das nächste Mal in die Pflegeanstalt und damit basta.«

Higgins kannte jene Anstalten, wo man sie einmal, ohne daß er es wußte, eingesperrt hatte und wo er sie nur mit Mühe wieder herausholen konnte. Als er ihr gegenüber saß in einem Zimmer, wo sie zu fünfzehn oder zwanzig zusammenlebten, mehr oder weniger angezogen waren und zerzauste Haare hatten, hatte sie sich ihm zu Füßen geworfen und ihn angefleht, sie nicht im Stich zu lassen.

»Ich tue es nicht mehr, Walter! Ich schwöre dir, daß ich es nicht mehr tue«, schrie und schluchzte sie wie ein kleines Kind. »Ich bin immerhin deine Mutter. Ich habe dich getragen, und jetzt bin ich nur mehr eine arme alte Frau, auf die die Leute auf der Straße mit Fingern zeigen. Ich weiß, daß ich dir Schande mache und dich Geld koste. Aber hab Erbarmen und hol mich hier heraus, wo sie mich nicht einmal ruhig sterben lassen und wo ich Angst habe.

Verstehst du, ich habe Angst, Walter! Ich habe Angst . . .«

Damals hatte er mehrere Ärzte aufgesucht, darunter den Psychiater in New York, der sich, wenn er Zeit gehabt hätte, gern mit Louisas Fall beschäftigt hätte. Er war es auch, der Glendale vorgeschlagen hatte, wenn Higgins es sich leisten konnte und bereit war, die Kosten zu tragen.

Das war vor elf Jahren gewesen, denn dies war geschehen, bevor sie von New Jersey wegzogen. In Williamson kannte niemand Louisa, denn als sie bei einer ihrer Eskapaden einmal zu ihnen gekommen war, hatten sie noch in der Unterstadt gewohnt, und sie hatte keine Zeit gehabt, sich bemerkbar zu machen, bevor ihr Sohn sich ihrer annahm.

Ein andermal hatte ihn die New Yorker Polizei von der Festnahme einer gewissen Louisa Higgins benachrichtigt, geborene Fuchs, ohne Papiere, die sagte, sie sei seine Mutter, und die seine Adresse angegeben hatte. Sie war ertappt worden, als sie in einem Spirituosengeschäft eine Whiskyflasche in einem Proviantbeutel verschwinden ließ, den sie ein paar Minuten zuvor in einer Kaufhalle gestohlen hatte.

Nora schaute ihn schweigend an, und er hatte keinen Appetit mehr. Er hielt, die Ellbogen aufgestützt, den Kopf zwischen den Händen.

»Weinst du?« fragte sie schließlich.

»Nein.«

Um es ihr zu beweisen, hob er das Gesicht, auf dem keine Träne zu sehen war.

»Sie weiß unsere neue Adresse nicht«, sagte sie, um ihm Mut zu machen.

Er zuckte die Achseln. Seine Mutter würde sie schnell herausfinden. Wer weiß, ob sie nicht schon in der Stadt war, im Supermarket oder in ihrem ehemaligen Viertel, um sich zu erkundigen?

Den Kindern hatte man gesagt, daß ihre Großmutter krank und gebrechlich sei und in einem Krankenhaus liege; als sie in einem Alter waren, in dem sie es verstehen konnten, hatte man ihnen erklärt, ohne weiter darauf einzugehen, daß sie nicht mehr ganz richtig im Kopf sei.

»Was macht sie denn besonderes?« hatte Archie gefragt, den das amüsierte. »Macht sie Tiere nach? Hält sie sich für eine Kuh oder einen Bären?«

Isabel verstand es noch nicht. Florence war bei dem Besuch in Glendale sehr beeindruckt gewesen und hatte ihren Vater mehrmals wegen Louisa ausgefragt.

»Waren von ihren Geschwistern auch welche verrückt?«

»Ich glaube nicht.«

»Weißt du es nicht genau?«

»Sie leben in Deutschland, und ich habe nie etwas von ihnen gehört.«

»Dann ist es also möglich, daß sie auch verrückt sind?«

»Beruhige dich, Florence. Deine Großmutter ist nicht verrückt im eigentlichen Sinn des Wortes. Ich habe sie von den besten Spezialisten untersuchen lassen. Hast du schon etwas von Kleptomanie gehört?«

»Ja. Aber Kleptomanen sperrt man nicht in eine Anstalt.«

»Erstens ist sie in keiner Anstalt. Zweitens kommt das immer auf den Einzelfall an. Ich mußte zwischen dem Sanatorium und dem Gefängnis, in dem sie die meiste Zeit ihres Lebens verbracht hätte, wählen.«

»Ich glaube, ich würde lieber ins Gefängnis gehen«, hatte sie mit Schaudern gemurmelt.

Wie alt war sie gewesen, als dieses Gespräch stattfand? Es war ein paar Tage nach dem Besuch Louisas in Williamson gewesen. Florence, die ein Geräusch gehört hatte, war aufgestanden und hatte ihren Vater mit der alten Frau in der Küche angetroffen. Sie war damals also fünfzehn.

»Ist das das kleine gelehrige Äffchen, das du einmal zu mir mitgebracht hast?« hatte Louisa mit ihrer knarrenden Stimme gefragt.

Im Augenblick konnte man nichts anderes tun als warten. Es konnte sein, daß sie noch tagelang in Ungewißheit lebten, in Erwartung einer Katastrophe, es konnte aber auch jeden Augenblick ein Anruf kommen. Das hing vor allem davon ab, wie leicht Louisa sich Alkohol zu verschaffen vermochte. Das war ihr wunder Punkt geworden. Wenn sie Alkohol auftrieb und sich betrank, dann verlor sie ihre instinktive, beinahe animalische Vorsicht, und die Polizei würde sie bald irgendwo auflesen. Wenn sie dagegen einigermaßen nüchtern blieb, bestand die Möglichkeit, daß sie auf dem Weg nach Williamson war und ihr Ziel erreichte.

»Hast du den Mut verloren?«

»Nein.«

Er meinte es ehrlich. Er fühlte sich nicht entmutigt, sondern vielschichtigeren Empfindungen ausgeliefert, die er gegenüber seiner Frau nicht formulieren konnte, jedenfalls nicht jetzt.

In ein paar Tagen hatte er die meisten seiner Vorstellungen überprüfen müssen, und er hatte es von Anfang an geahnt, daß er bei der wichtigsten enden würde, auf der vielleicht alles beruhte, auch wenn er sich sein ganzes Leben lang bemüht hatte, das Gegenteil anzunehmen.

Als er aufstand, denn er mußte wieder an die Arbeit, sah Nora überrascht einen eigenartigen Glanz in seinen Augen, der sie an den Glanz in Louisas Augen erinnerte, und sie stand auf, legte ihm beide Hände auf die Schultern.

Sie blieb einen Augenblick so stehen und schaute ihm ins Gesicht, und ihr Mund zitterte, als sie sagte: »Denk an uns, Walter!« und schnell wegging.

6

Beinahe drei Stunden lang hatte er, bald schläfrig, bald hellwach, das Treiben im Haus beobachtet, manchmal so, als ob es nicht sein Haus wäre, als ob es eine fremde Familie wäre, deren Leben er durch das Schlüsselloch beobachtete.

Als Isabel am Morgen zum ersten Mal aufgewacht war, hatte die Sonne schon zwischen den Vorhängen hindurchgeschienen, und er hätte erraten können, daß es Sonntag war. Vielleicht hing das mit den Geräuschen zusammen, die anders waren als unter der Woche, mit einer gewissen Entspannung, einer gewissen Art von Stille, die über der Stadt und der Landschaft lag. Die Amseln zankten sich auf dem Rasen, und zweimal sprang ein Eichhörnchen vom nächsten Ahornzweig auf das Hausdach, um dort seine Sprünge zu machen.

Isabel brummelte, summte leise vor sich hin, drehte sich ein paar Minuten von einer Seite auf die andere, bis sie wieder einschlief. Vielleicht schlief Higgins auch wieder ein, bis Nora neben ihm unendlich vorsichtig aufstand. Sonntags ließ man ihn schlafen, und die Kinder mußten leise gehen und reden, bis er aufstand.

Als er ein Auge halb öffnete, sah er für einen Augenblick den nackten Körper seiner Frau zwischen dem Bett und dem Fenster; ein Sonnenstrahl fiel auf ihren Bauch, bei dem der Nabel durch die Schwangerschaft verschwunden war. Etwas später lief Wasser in die Badewanne. An diesem Tag machte Nora länger Toilette, wusch sich die Haare, und wenn sie hinunterging, lief sie auch anders in der Küche hin und her. Für ihn war es ein Spiel, nach den kaum wahrnehmbaren Geräuschen zu erraten, was sie machte.

Es kitzelte ihn in der Nase, und er wußte jetzt, er war nicht krank, wie er es in der Nacht zuvor erhofft hatte, sondern er bekam einen Schnupfen. Er war nie richtig krank gewesen. Er hatte öfter alberne Wehwehchen, einen Schnupfen, ein Furunkel, eine Halsentzündung, oder er litt so unter Verstopfung, daß er ganz fahl im Gesicht aussah.

Gestern abend waren alle Kinder ausgegangen, außer der jüngsten, der er am Bett eine Geschichte vorgelesen hatte. Nora und er hatten fast schweigend im Livingroom gesessen, um auf das Telefon zu hören, das nicht geklingelt hatte. Es war verwirrend für ihn, nichts für den Schularbeitskreis zu tun, wie es gewesen wäre, wenn er nicht zurückgetreten wäre. Er hatte versucht, fernzusehen, hatte sich dann aber in die Lektüre einer Illustrierten vertieft, während der Apparat lief.

Jedesmal, wenn ein Auto in die Maple Street eingebogen war, war er hochgeschreckt, aber niemand hatte an ihrer Tür geklingelt; es war so vollkommen ruhig gewesen im Haus, daß er seinen Puls zu hören meinte, als Nora schließlich den Apparat ausschaltete.

Gegen halb acht am Sonntagmorgen – er hatte sich nicht umgedreht, um auf den Wecker zu schauen – war Isabel aufgestanden, und er hatte auf der Treppe ihre Schritte gehört. Sie war im Schlafanzug hinuntergegangen. Sonntags frühstückte jeder im Schlafanzug, denn jeder wartete, bis das Bad frei war, und nur selten gab es dabei keinen Streit. In der Küche roch es dann ganz besonders – nach Bett, nach warmem, konzentriertem Leben.

Nora flüsterte. Isabel vergaß leise zu reden, und ein paar laute Töne drangen zu ihm herauf. Dave ging als nächster hinunter, machte wie immer lautstark die Tür des Kühlschranks auf und zu. Es war wohl der erste Fischereisonntag, denn das fortgesetzte Brummen der Motorboote auf dem See glich dem der Rasenmäher.

Die Glocken der katholischen Kirche läuteten, dann ging Archie hinunter, noch verschlafen, und stieß sich an der Treppe und am Geländer, als er sich die Augen rieb. Der Duft von Schinken und Kaffee stieg bis in den ersten Stock.

Wie viele fast ähnliche Sonntage hatte er erlebt in der Überzeugung, ein glücklicher Mensch zu sein? Als sie in der Altstadt gewohnt hatten, wo ihre Wohnung klein war und sie alle Geräusche vom Nachbarn hörten, hatten sie manchmal geträumt:

»Wenn wir ein neues Haus haben ...«

Sie waren damals sicher, das Leben würde dann anders sein und all ihre Sorgen würden verschwinden, so wie er achtzehn Jahre früher Noras Hand gestreichelt und zu ihr gesagt hatte:

»Wenn wir zweihundert Dollar im Monat ausgeben können ...«

Er versuchte erfolglos, wieder einzuschlafen, und kurz vor neun Uhr, als nur noch Florence schlief, stand er auf, zog seinen Morgenmantel und seine Pantoffeln an und ging hinunter, nachdem er sich einen Augenblick lang im Spiegel angeschaut hatte.

Er hatte noch keine rote Nase, aber die Augen glänzten mehr als sonst, und im Nacken spürte er die frische Luft vom halboffenen Fenster.

»Kann ich den Fernseher anmachen, Dad?«

Wie er schon vorhersah, fuhr Nora dazwischen:

»Du könntest deinem Vater zuerst einen guten Morgen wünschen, Archie.«

»Guten Morgen, Dad. Kann ich den Fernseher anmachen?«

»Deine Schwester schläft noch.«

»Hat sie noch nicht ausgeschlafen? Ich wette, sie tut nur so.«

In anderen Häusern im Viertel, in der Stadt lief das Leben sicher genauso ab, mit denselben Verrichtungen, denselben Worten. Nora und er wechselten kurz einen Blick, der bedeutete:

»Noch nichts!«

Sie waren überrascht, und es war eher beunruhigend, denn es schien zu bedeuten, daß Louisa sich noch nicht ihrem üblichen Laster hingegeben hatte. Folglich würde es länger dauern, bis man sie fand. Daß sie irgendwo frei herumlief, mit Gott weiß welchen ungewöhnlichen Plänen im Kopf, stellte für sie in jedem Augenblick eine Bedrohung dar; sie konnten nichts tun, um sich zu schützen, sondern nur warten und hoffen, daß sie nicht kommen und einen Skandal in Williamson auslösen würde.

Gestern nachmittag hatte sich nichts ereignet. Im Supermarket hatte alles seinen normalen Gang genommen, die Kunden waren ein und aus gegangen, hatten ihn gegrüßt, ein paar Worte mit ihm gewechselt, als ob nichts gewesen wäre.

Dennoch gab es etwas, das ihn quälte. Aber seit er wußte, daß seine Mutter in Freiheit herumlief, beschäftigte ihn die Geschichte mit dem Country Club und dem Schularbeitskreis nur in zweiter Linie.

Er hatte am Samstagabend gerade seinen Wagen in die Garage fahren wollen, als Florence aus dem Haus gekommen war, um ihr Fahrrad zu holen. Es kam selten vor, daß sie sich allein gegenüberstanden, vor allem außerhalb der Wohnung, wo man, wie in den meisten Häusern, alles durch die Zimmerwände hörte.

»Gehst du aus?« hatte er gefragt, um das Schweigen zu brechen.

Sie hatte dagestanden, beide Hände auf dem Lenkrad, und hatte einen Augenblick gezögert.

»Weißt du, Dad, wer die schwarze Kugel hineingetan hat?« hatte sie dann gesagt, ohne ihn anzusehen.

Er hatte den Kopf geschüttelt.

»Bill Carney.«

»Wer hat dir das gesagt?«

»Lucile. Sie hat es von ihrem Chef.«

Lucile war die Sekretärin von Anwalt Olsen. Sie war ein unattraktives Mädchen mit einer spitzen Nase, deren Ende wie nachträglich aufgesetzt wirkte, mit einem zu großen Mund, der ihrem Gesicht komische Züge verlieh.

»Hat Olsen ihr davon erzählt?«

»Sie hat eine Unterhaltung am Telefon mitgehört.«

»Über mich?«

Notgedrungen über ihn, zumindest teilweise, denn es ging ja um die schwarze Kugel.

»Weiter hat sie dir nichts erzählt?«

Sie hatte verneint, und er vermutete, sie hatte aus Mitleid gelogen. Ihre Freundin hatte ihr sicher noch andere Einzelheiten erzählt, die sie ihm nicht wiederholen wollte.

»Ich habe immer gedacht«, hatte sie gesagt, »daß Carney dich nicht mag.«

»Warum?«

»Aus keinem bestimmten Grund. Vielleicht weil er spürt, daß du anders bist.«

Sie war losgefahren, ohne mehr zu sagen, und ihm war vor allem das Wort »anders« im Gedächtnis geblieben. Bill Carney war der einzige, von dem er nicht angenommen hätte, daß er gegen ihn gestimmt hatte. Wie hätte er ihn auch verdächtigen sollen, da er sich mit offensichtlicher Begeisterung als sein Bürge angeboten hatte?

Hatte seine Mutter recht, die früher gesagt hatte:

»Sie werden nie zulassen, daß der Sohn von Louisa und dieser Kanaille von Higgins . . .«

Wollte Florence, als sie »anders« sagte, darauf hinaus? Hatte sie ihren Vater deshalb immer mit einer Mischung aus Neugier und Mißbilligung angesehen: weil er anders war?

Was zum Beispiel war anders zwischen dem Schauspiel heute morgen in ihrer Küche und der anderer Leute in der Maple Street sowie in der aller anderen Häuser, die das vornehme Viertel bildeten? Die Bauart des Hauses war wie die der anderen Häuser, und ihre

Möbel waren die gleichen, wie sie Mrs. Stilwel auch hatte. Immer schon, seit seiner frühesten Kindheit, seit er mit acht Jahren seine Mutter auf der Polizeistation von Oldbridge abgeholt hatte, hatte er sich bemüht, die Leute zu beobachten und es ihnen gleichzutun; nicht die, die mehr oder weniger wie er waren und damals im gleichen Viertel wohnten, sondern die, die als Vorbild galten und vor denen sich jeder verneigte.

Er mußte blind gewesen sein, denn vor einer Woche noch war er davon überzeugt, daß er es geschafft hatte und niemand den Unterschied sehen konnte. Weil er selber vergaß, daß er nicht zu ihnen gehörte, dachte wie sie, reagierte wie sie, seine Familie nach ihrer Art großzog.

»Zwei Eier, Walter?«

Manchmal nahm er eines, manchmal zwei, zusammen mit seinem Schinken. Zerstreut antwortete er:

»Zwei Eier, ja.«

Und er fügte hinzu, als ob es eine wichtige Neuigkeit sei:

»Ich bin erkältet.«

»Na gut! Dann kommt die ganze Familie dran!«

Das stimmte. Isabel war immer die erste, die seinen Schnupfen bekam, dann war der älteste an der Reihe, schließlich Archie. Nora folgte mit großem Abstand als letzte und war immer stärker krank als die anderen, weil sie noch Halsschmerzen dazubekam. Nur Florence blieb verschont, und er erinnerte sich nicht, je den Arzt wegen ihr gerufen zu haben. Sie hatte weder Mumps noch Keuchhusten noch Windpocken, kurz, keine der Kinderkrankheiten gehabt, die ihre Geschwister der Reihe nach durchgemacht hatten.

»Ich höre Florence herumgehen, Dad.«

Er horchte, und als er wirklich Schritte im ersten Stock hörte, erlaubte er Archie, den Fernseher anzustellen. Als der Junge an den Knöpfen drehte, hörte man einen Augenblick lang Orgelmusik von einem katholischen Gottesdienst, dann die drohende Stimme eines Pfarrers, bevor die Sendung für die Jugend eingestellt war.

Um sicherzugehen, daß sie später nicht warten mußte, badete Florence, bevor sie herunterkam, und Dave fragte:

»Kann ich nach ihr ins Bad, Dad?«

»Wohin willst du heute morgen?«

»Ich habe Russell versprochen, ihm beim Reparieren seines Motorrads zu helfen.«

»Auch das noch! Und dich wieder schmutzig machen!« protestierte Nora.

Sie stritten miteinander. Ständig gab es solche Diskussionen, die mit Strafen und Tränen endeten.

Higgins holte aus dem Briefkasten am Rand des Gehsteigs seine Morgenzeitung, überflog aber nur die Überschriften und mußte beinahe noch eine Stunde warten, bis er ins Bad konnte. Die Luft war feucht, die Blätter der Bäume zart hellgrün, und vor dem Haus gegenüber – es gehörte den Wilkies, die noch in Florida waren – hatte der Gärtner den automatischen Rasensprenger eingeschaltet, der einen Sprühregen über das Tulpenbeet fallen ließ.

Er rasierte sich, zog sich mit der gleichen Sorgfalt wie

an den anderen Sonntagen an, ohne sich zu sagen, es sei unwichtig. Diese Rituale waren ein Teil seines Lebens geworden, und er konnte sich nicht vorstellen, daß er sich hätte anders benehmen können.

»Wasch dir wenigstens die Hände und bürste deine staubigen Schuhe!«

Das war ein Satz, den man auch jeden Sonntag hören konnte. Er bedeutete, daß Dave von seinem Freund Russell zurückgekommen war und daß sich unten jeder für den Gottesdienst um elf Uhr fertig machte.

Die Methodistenkirche lag nur eine Meile von ihrem Haus entfernt, und seit sie in der Maple Street wohnten, gingen sie jeweils zu Fuß hin. Die Kinder liefen voraus, entlang den Rasen vor den Häusern. Nur Isabel schob sich manchmal zwischen ihre Eltern und faßte beide an der Hand. Auf den gegenüberliegenden Gehsteigen gingen im Schatten der Ahornbäume andere Familien den gleichen Weg im gleichen Schritt, und über den Asphalt fuhren geräuschlos Autos, manchmal mit Golfsäcken, Angelruten oder einem Kanu auf dem Dach.

Was würde er tun, wenn er plötzlich seine Mutter treffen würde? Oder wenn sie während der Predigt in der Kirche auftauchen würde? Er war überzeugt, daß Nora, der das Gehen Mühe machte und die manchmal anhielt, um Atem zu holen, den gleichen Gedanken hatte, und er nahm es ihr übel, denn es war ein Problem, das nur ihn anging.

Hatte er nicht immer alles, was notwendig war, getan, um seine Frau und seine Kinder zu beschützen? War nicht er es gewesen, der den Psychiater in New

York aufgesucht hatte und der beschlossen hatte, Louisa nach Glendale zu bringen. Er hatte nicht gewartet, bis Nora es von ihm verlangte. Wenn er Unrecht gehabt hatte, war das auch seine Angelegenheit.

Ab und zu, vor allem, wenn er müde war oder Ärger im Geschäft gehabt hatte, hatte er sich überlegt, ob er es gut oder schlecht gemacht habe, und jedesmal kam er zu dem Schluß, daß er sich nichts vorzuwerfen habe.

Diese Überzeugung hatte er noch. Er fühlte sich seiner Mutter gegenüber nicht schuldig. Er begann die Frage nur in einem anderen Licht zu sehen, und auf diesem Gebiet hätte Nora ihm nicht folgen können.

Sie kannte wie er von seinem Innenleben das, was man jedem anderen als sich selbst auch sagen kann. Aber es gibt Dinge, vielleicht die wichtigsten, die einem nicht ganz bewußt sind und die man nie direkt ins Auge faßt, wenn man gelassen ist.

Man tut das nur unter bestimmten Umständen, vor allem, wenn man Fieber hat, oder auch an bestimmten Abenden bei Sonnenuntergang. Plötzlich verlieren die scheinbar so gut geordnete Welt, die neuen Häuser, die gemähten Rasen, die Autos auf der Straße ihre feste Substanz und ihre beruhigende Natur. Man betrachtet seine eigenen Kinder wie Fremde, denkt an seinen Beruf und an den Platz, den man sich in der Gesellschaft erarbeitet hat, als ob es ein Lockmittel oder sogar eine Farce wäre.

Jetzt sah er am Rand eines kleinen Platzes die weiße, aus Holz gebaute Kirche; die Familien gingen langsam die Treppe hinauf und verschwanden im halbdunklen Innenraum.

Sie gingen mit demselben tiefen Ernst hinauf; Schweigen und Kühle umgab sie plötzlich, und sie setzten sich in ihre Bank, nur Florence nicht, die seit ein paar Monaten neben Lucile im hinteren Kirchenschiff saß.

Er hatte seine Kirche ohne bestimmten Grund gewählt, und an diesem Tag, als er die Gesichter und Rücken um sich herum betrachtete, glaubte er zu begreifen. Man sah weder die Blairs noch die Olsens, noch die Hotcombs, noch die wichtigen Persönlichkeiten, die alle Presbyterianer waren.

So wie er die Geographie des Saales am Abend der Rathaussitzung ausgemacht hatte, entdeckte er eine Art religiöser Geographie, und das geschah nicht ohne ein Gefühl der Bitterkeit.

Die Gläubigen hier waren wie sie sonntäglich angezogen, alle sahen etwas zu neu, zu zurechtgemacht, zu sehr gewaschen aus und gehörten wie sie selber zu der Mittelschicht, die sich bemüht, auf der sozialen Leiter eine oder zwei Stufen höher zu steigen, damit die Kinder die nächsten erreichen.

Beinahe alle hatten es anfangs schwer gehabt und fühlten sich sicher in der strengen Atmosphäre ihres Gotteshauses, in dem alles klar und kühl war, ohne all den Pomp der Hochkirche.

Sie kamen her, um einander Mut zu machen für ihre harte Disziplin, vielleicht wollten sie sich auch davon überzeugen, daß sie diese nicht umsonst einhielten.

Die meisten der Gesichter waren ernst, von einer freudlosen inneren Ruhe geprägt. Anstelle einer brausenden Orgel untermalten dünne Harmoniumklänge die Stimmen bei den Chorälen, und der Pfarrer, Reverend Jones, war ein athletisch gebauter Mann mit blauen Augen, der der Sünde gegenüber ohne jede Nachsicht war.

Er redete über Gott, kommentierte mit harter Stimme einen Bibeltext, und Higgins hörte nicht zu, sondern fuhr jedesmal zusammen, wenn ein Nachzügler vorsichtig hereinkam, wagte es aber nicht, sich umzudrehen.

Man sah auch einige Schwarze im Saal, sie waren noch sonntäglicher angezogen als die anderen, und ihre Frauen hatten die hellsten und lustigsten Hüte auf. Sie wären sicher lieber in einen Gottesdienst der Baptisten gegangen, aber in der Umgebung gab es keine Baptistenkirche.

Die Italiener, Irländer und Polen der Unterstadt gehörten zur katholischen Kirche, wo es genügte, dem Priester die Sünden zu beichten, um von ihnen erlöst zu sein.

Er hatte das Geld für die Kollekte schon abgezählt bereit und sang mit den anderen mit, wie Isabel neben ihm, wenn sie den Text auch nicht immer konnte.

Er wußte nicht genau, ob er gläubig war. Er hatte die Religion übernommen, wie er die Regeln und Vorstellungen, die sein bisheriges Leben beeinflußt hatten, übernommen hatte, aber er war nie so tief gläubig gewesen wie zum Beispiel Lucile oder, zwei Reihen vor ihm, Miss Carroll.

Er hatte sich nie überlegt, ob Nora gläubig war, denn die Kirche gehörte zu ihrem Leben wie das Haus, die Schule, der Supermarket und die Komitees, denen er angehörte. Als er nun seine Frau anschaute, fiel ihm auf, wie inbrünstig sie betete, die Lippen bewegte und geradeaus schaute, und er fragte sich, ob sie nicht, wenn sie schwanger war, eine geheimnisvolle Angst spürte.

Vielleicht betete sie, daß ihnen nichts zustieß und daß vor allem ihr Mann, wie sie es ihm am Tag zuvor zugeflüstert hatte, nicht die Seinen vergaß im Verlauf dieser Krise, die er durchmachte. Sie spürte seine Unentschlossenheit. Sie mußte ahnen, daß ihre eigentliche Existenz, die sie beide hartnäckig aufgebaut hatten, auf dem Spiel stand.

Es stimmte. Noch heute, genau in diesem Augenblick, in dem er in der Bank aus hellem Fichtenholz mit seinem Gesangbuch in der Hand dastand, war er ein Fremder, nicht nur in der Stadt und bei den Familien in der Nachbarschaft, sondern auch in der Familie, die er gegründet hatte.

Ein Rascheln, Bücher, die zugeklappt wurden, und Schritte auf dem Boden kündigten an, daß der Gottesdienst zu Ende war, und sie warteten, bis sie aus der Bank hinaustreten konnten. Oben an den Stufen schüttelte er Reverend Jones die Hand, der sie, wie ihm schien, länger als sonst in der seinen behielt. Der Pfarrer mußte Bescheid wissen von dem Vorfall im Rathaus und der Geschichte mit dem Country Club. Wollte er Higgins mit seinem kräftigen Händedruck ermutigen, im Schoß der Gemeinde zu bleiben? Das war ihm peinlich, und Röte stieg ihm in die Wangen, als ob man in einen Bereich eindringe, der nur ihm gehörte.

»Kann ich heute nachmittag ein Boot mieten, Dad?«

Dave, der älteste, hatte schon seine Kameraden

getroffen, und sie gingen gestikulierend und schlurfend voraus. Archie hielt die Hand seines Vaters.

»Mit wem willst du auf den See?«

»Mit Johnny und Philip. Ihre Eltern haben es erlaubt, und jeder zahlt seinen Teil. Ich habe Geld.«

Er sagte ja, ohne seine Frau zu fragen, wie er heute früh überhaupt zu allem ja gesagt hätte.

»Ich auch, Dad?« fragte Isabel.

Nora mischte sich ein.

»Du nicht, nein. Du gehst erst auf den See, wenn du schwimmen kannst.«

»Ich kann schwimmen.«

»Aber nicht gut genug.«

»Ich habe es letzten Sommer gelernt.«

»Du mußt diesen Sommer weiterlernen.«

Wie viele Eltern und Kinder redeten genauso miteinander?

»Übrigens ist das Wasser noch zu kalt.«

»Ich will nicht baden, sondern mit dem Boot fahren.«

»Hör auf, Isabel. Es bleibt bei nein.«

»Immer nein. Bei allem, was ich frage, sagt ihr nein.«

»Willst du weinen?«

Plötzlich kam ihm das alles so vergeblich vor! Wozu war das alles gut? Wo sollte das hinführen? Hatten nicht die O'Connors recht? Er hatte gerade einen aus der Familie in der Kirche gesehen, den Sechzehnjährigen, der bei ihm im Supermarket gearbeitet hatte und der ihn vorhin auf dem Fahrrad überholt hatte. Die übrige Familie ging nicht in die Kirche, doch dieser ging den gleichen Weg, dem Higgins gefolgt war.

»Was gibt es zu essen?« fragte Archie, der immer Hunger hatte.

»Huhn.«

»Mit Kartoffelbrei und Erbsen?«

Jeden Sonntag gab es Huhn mit Kartoffelbrei und Erbsen, jeden Montag Suppenfleisch. Die Mahlzeiten waren festgelegt wie das Leben sonst, dieselben Gerichte gab es an bestimmten Tagen, Woche für Woche, mit Tischgesprächen, die sich so wenig voneinander unterschieden, daß man reden konnte, ohne zu denken.

»Endlich«, seufzte Nora beim Nachhausekommen. »Der Vormittag ist ruhig verlaufen.«

Sie wollte sich nicht genauer äußern wegen der Kinder und gab ihm dadurch zu verstehen, daß sie jedenfalls Zeit gewonnen hätten.

Higgins blieb im Garten stehen und fragte sich, wo seine Mutter in diesem Augenblick wohl war. Er ärgerte sich über seine Frau und über sich selbst, weil von seiner Mutter wie von einer Bedrohung gesprochen wurde. Wo hatte die aus der Anstalt entlaufene alte Frau die Nacht verbracht? In welchem Zustand befand sie sich im Augenblick, inmitten einer Welt, in der niemand etwas von ihr wissen wollte?

Sie hatte ihm gesagt:

»Ich habe dich getragen . . .«

Sie wollte ihn damit weich machen. Sie spielte Theater. Sie hatte sich nie um das Glück ihres Sohnes gekümmert und auch nicht darum gesorgt, was aus ihm werden würde.

Manchmal war Higgins der Gedanke gekommen, sie

könnte ihn beneiden, daß aus ihm etwas geworden war, ihn und auch Nora und ihre Kinder wie auch das Leben, das sie führten.

Wer weiß, ob sie es nicht irgendwann auch versucht hatte?

Sie hatte Higgins geheiratet. Beide hatten sich die Mühe gemacht, eine Heiratserlaubnis zu bekommen und vor dem Friedensrichter zu erscheinen. War das nicht schon bezeichnend? Sie hatten eine Wohnung gemietet und dort zusammen gelebt, auch wenn es nicht für lange war.

Was für Träume hatte sie, als sie mit Patricia schwanger war? Sie hätte das Kind abtreiben lassen können, wie es viele andere machten. Sie hatte ihr Kind bekommen und die Mutterschaft angenommen.

Sie war von weither, aus einem dichtbesiedelten Vorort Hamburgs zusammen mit einer Freundin gekommen und auf einem neuen Kontinent von Stadt zu Stadt geirrt, hatte dessen Sprache und Sitten lernen müssen. Was hatte sie mit ihren überstürzten Handlungen gesucht? Träumte sie nun von nichts anderem mehr als vom Trinken und davon, zu stehlen, was ihr unter die Finger kam?

»Ich möchte nie mehr Hunger haben!«

Er hatte auch oft Hunger gehabt, als er allein war mit zehn Jahren, mit fünfzehn Jahren, und er war zu stolz, um seine Nase an die Fenster der Restaurants zu drücken. Er wollte auch nicht mehr hungern. Er wollte vor allem nicht mehr frieren, denn Kälte war schlimmer als alles andere. Er hatte ganze Nächte durch gefroren und manchmal geglaubt, er müsse sterben.

»Walter!«

»Ja.«

»Die Schraube am Herd ist schon wieder abgegangen. Kannst du sie wieder anmachen?«

Es war ein neuer Gasofen, den sie vor ein paar Monaten gekauft hatten, aber eine der Schrauben ging regelmäßig ab.

»Hast du Gleason nicht angerufen?«

»Er war zweimal hier, und wenn er da ist, passiert es nicht.«

Er holte Werkzeug, zog seine Jacke aus und kniete sich vor den heißen Ofen. Die beiden jüngsten saßen vor dem Fernseher.

»Hat dir Reverend Jones beim Hinausgehen nichts gesagt?«

»Nein. Warum?«

»Nur so.«

»Was hätte er mir sagen sollen?«

»Ich weiß nicht.«

Auch das quälte ihn. Reverend Jones mischte sich gern in das Privatleben seiner Schäfchen, und Higgins überlegte, ob seine Frau nicht in den letzten Tagen bei ihm gewesen war und ihm private Dinge erzählt hatte, die den nachdrücklichen Händedruck erklären würden.

»Hat er dich besucht?«

»Seit dem Wohltätigkeitsbazar vor einem Monat nicht mehr.«

Er fragte nicht, ob sie ihn nicht besucht hatte, weil er sicher war, sie würde in diesem Fall lügen. Dabei dachte er an Doktor Rodgers, der etwas von dem

Benehmen eines Pfarrers an sich hatte und der auch sein Leben der Aufgabe widmete, die Leute zu beruhigen. Ihm kam ein Gedanke. Er wußte, er würde ihn nicht in die Tat umsetzen. Er hätte sich gern, wenn es nicht lächerlich gewirkt oder als Schwäche ausgelegt worden wäre, mit jemandem wie Doktor Rodgers ausführlich und von Mann zu Mann unterhalten. Er hätte diesen gewählt, weil er ihm am selbstsichersten schien und er sich von Berufs wegen mit allen möglichen Fällen abgeben mußte.

Man müßte ungeniert reden können, so wie man mit geschlossenen Augen im Bett nachdenkt.

»Glauben Sie wirklich, Doktor, daß ich ein Mensch wie alle anderen bin?«

Die Antwort schien auf der Hand zu liegen, tat es aber nicht. Er würde ihm alles erzählen, ihm erklären, was diese schwarze Kugel, so albern und kindisch es sein mochte, für ihn bedeutet hatte. Dann könnte er von seiner Mutter erzählen und davon, was er sein ganzes Leben mit so viel Energie und Hartnäckigkeit vermieden hatte.

Hatte er sich nicht wie ein Kind benommen, das, so schnell es kann, geradeaus rennt, weil es im Dunkeln Schritte gehört und Angst bekommen hat?

Wer weiß? Vielleicht gab es in Williamson Männer, denen es genauso ging. Er kannte nicht von allen ihre Vergangenheit. Hatten unter den Meistern, den Handwerkern, den kleinen Händlern manche nicht ähnliche Probleme gehabt wie er?

Man hatte ihm erzählt, daß der Doktor, der in Providence geboren war und aus einer armen Familie stammte, sein Studium nur mit Hilfe von Stipendien hatte absolvieren können. Wenn man den gut unterrichteten Kreisen glauben durfte, war seine Frau Verkäuferin in einem Warenhaus gewesen, wo sie auch noch in den ersten Jahren ihrer Ehe gearbeitet hatte.

Das hatte nichts zu bedeuten. Bei jedem liegt der Fall anders.

»Doktor, kennen Sie jemanden, der glücklich ist?«

Das war nicht das treffende Wort, aber man verstand es. Es gab kein Wort für das, was er sagen wollte: jemand, der mit sich selbst in Frieden lebt und sich keine Fragen stellt oder die Antwort gefunden hat. Es war noch komplizierter!

Er hatte geglaubt, so ein Mensch zu sein. Nicht immer. Nicht von morgens bis abends und von abends bis morgens. Er hatte auch Fehlschläge erfahren und Augenblicke des Zweifels gekannt. Doch hatte er dann sein Ziel ins Auge gefaßt und weitergearbeitet.

Wenn er zum Beispiel jeden Abend an Arbeiten saß, zu denen er nicht verpflichtet war und an denen es nichts zu verdienen gab, dann wollte er damit nicht so sehr der Gemeinde helfen oder aus persönlicher Eitelkeit den Titel eines stellvertretenden Kassenwarts bekommen. Er tat es, weil er sonst, wenn er stundenlang nichts tat, die Leere um sich spürte und ihm schwindlig wurde.

Gingen die Leute aus diesem Grund ins Kino oder stellten, sobald sie zu Hause waren, den Fernseher an?

Woran dachte jemand wie Nora, die den ganzen Tag allein im Hause war, von morgens bis abends? Sie hatte nicht, um beschäftigt zu sein und sich nützlich zu fühlen, das Hin und Her im Supermarket, die Anrufe, die Briefe, die diktiert werden mußten, auch nicht den Respekt der Angestellten und die Freundlichkeit der Kunden.

»Es ist repariert. Hoffentlich hält es diesmal.«

»Bist du bereit zum Essen?«

»Ist Florence schon nach Hause gekommen?«

»Ich höre sie auf der Straße reden.«

Die beiden Mädchen waren am Rand des Rasens in der Sonne stehengeblieben, und kurze Zeit später ging Lucile weiter in Richtung Prospect Street.

»Zu Tisch!« rief er und drehte sich gegen den Livingroom. »Wascht euch die Hände!«

»Sie sind nicht schmutzig, Dad!«

»Ich habe gesagt, wascht euch die Hände.«

Weil es die Gewohnheit war, weil man Regeln haben mußte.

»Läßt du ihn wirklich heute nachmittag auf den See?«

»Warum nicht? Es ist warm.«

»Wie geht es deinem Schnupfen?«

»Ich habe ihn noch nicht, aber ich merke, daß es schlimmer wird.«

Seine Stimme klang schon leicht verändert, und die Eier am Morgen hatten ihm nicht wie sonst geschmeckt. Es waren immer die Eier, die bei einem Schnupfen anders schmeckten – er nannte es einen Schnupfengeschmack.

»Wo ist Dave?«

»Hier bin ich«, sagte der älteste Sohn mit seiner kräftigen Stimme.

»Wo warst du?«

»An der Tankstelle, um mein Fahrrad aufzupumpen.«

»Wasch dir die Hände.«

»Ich habe sie gerade gewaschen.«

»Laß sehen.«

Es stimmte. Sie waren noch naß, denn er trocknete sie nie richtig ab.

»Ich möchte ein Beinchen!« kündigte Archie an.

Und seine Schwester wiederholte, wie zu erwarten war, etwas höher: »Ich will auch ein Beinchen!«

Er versuchte sich vorzustellen, daß das Haus verschwunden war, daß es kein Haus mehr gab und sie sich irgendwo in einem Niemandsland befanden, ausgeliefert, ohne Gasherd, ohne Huhn, ohne Kartoffelbrei.

Die Kinder fingen mit um den Hals gebundener Serviette an zu essen, und Nora setzte sich mit einem erleichterten Seufzer und einem prüfenden Blick, ob nichts fehlte, als plötzlich das Telefon klingelte, heftiger und dringlicher als sonst hätte man schwören können, und sie zusammenfahren ließ.

Nora machte keine Anstalten aufzustehen, auch nicht Florence, für die die meisten Anrufe kamen.

Higgins erhob sich langsam in der Gewißheit, daß diesmal die Katastrophe hereinbrach; er bemühte sich, nicht schnell zu gehen, als er zum Living-room hinüberging.

»Hallo!« hörte man ihn in der Küche sagen.

Dann sagte er, in kürzeren oder längeren Abständen zwischen den Worten, Pausen, die seine Frau beeindruckten:

»Ja ... Ja ... Ja ... Walter J. Higgins ... Vor einer Stunde waren wir in der Kirche, ja ...«

Nora wußte schon, daß dies kein gewöhnliches Gespräch war, denn dann hätte er diesen Satz nicht sagen müssen. Er hätte auch nicht so gefaßt geredet, als ob er um jeden Preis Ruhe bewahren müßte.

»Ich sagte, ich war im Gottesdienst ... in der Kirche ... Hören Sie mich schlecht? Verstehen Sie mich jetzt besser?«

Der Anruf kam von weit her, weil die Verbindung schlecht war, und Nora war deswegen irgendwie etwas beruhigter. Es war nicht die Ortspolizei, auch nicht der Sheriff noch jemand aus Williamson oder Umgebung ...

»Das ist richtig ... Wie? ... Achtundsechzig Jahre ... Sie sieht älter aus, ja ... Das stimmt überein, und ich war übrigens auf eine solche Nachricht gefaßt ... Ich sagte, ich war auf eine solche Nachricht gefaßt ... Ich kann Ihnen am Telefon nicht sagen warum ... Ja ... ja ... Ich fahre in ein paar Minuten los, ich muß nur den Wagen aus der Garage holen. Ich übernehme die Unkosten ... Was sagen Sie? ... Ich weiß nicht. Es ist Sonntag, und die Straßen sind wahrscheinlich verstopft. Man muß gute drei Stunden rechnen, vielleicht dreieinhalb. Ich fahre nicht durch New York, um Zeit zu sparen ...«

Wie bei einem Gewitter, bei dem man die Sekunden zwischen Blitz und Donner zählt, stellte Nora Überlegungen an und zog Rückschlüsse. Louisa war nicht in

Glendale, denn das lag an der Grenze nach Connecticut, und Higgins wäre in eineinhalb Stunden dort. Außerdem hatte er davon geredet, um New York herumzufahren, das bedeutete, er fuhr weiter.

»Ich danke Ihnen, Madam.«

Es war auch nicht die Polizei, die anrief, denn dann wäre am anderen Ende der Leitung keine Frau gesessen.

Jeder schaute auf die Tür, als er hereinkam und sich bemühte, normal zu wirken. Vielleicht mußte er sich gar nicht so sehr anstrengen, denn er hatte noch gar nicht reagieren können. Was ihm gesagt worden war, hatte sich nicht in Vorstellungen umgesetzt.

»Fährst du gleich?«

Er nickte.

»Wohin, Dad? Wohin fährst du?«

»Laßt euren Vater in Ruhe, Kinder. Er hat etwas Wichtiges zu erledigen.«

»Was denn?«

»Ißt du nicht besser noch etwas?«

»Ich habe keinen Hunger.«

»Nimm deinen Mantel mit. Es wird abends kühler werden. Soll ich nicht mitkommen?«

»Du weißt doch, daß der Arzt dir das Autofahren verboten hat.«

»Kann ich mitfahren, Dad?«

»Nein, Archie. Du vergißt, daß du auf den See gehst.«

»Und ich, Dad?«

»Du auch nicht, Isabel. Bleibt alle sitzen. Du

auch, Nora. Ich muß erst das Auto herausfahren und komm dann noch meinen Mantel holen.«

Man hörte, wie er die Haustür auf- und wieder zumachte, dann das Geräusch des Motors, der angelassen wurde, und durch das Fenster sah man, wie er das Auto am Rasen parkte. Higgins stieg ohne Hut aus und kam aufs Haus zu. Nora stand vom Tisch auf.

»Ihr bleibt sitzen, Kinder. Eßt weiter.«

»Ich will Dad auf Wiedersehen sagen.«

»Er kommt euch hier auf Wiedersehen sagen.«

Sie nahm den Mantel und einen Hut in der Garderobe und fragte, als er hereinkam:

»Hast du Geld?«

»Ich glaube, ich habe genug.«

»Dein Scheckheft?«

Er fühlte in seiner Tasche.

»Ja.«

»Die Kinder warten, daß du dich verabschiedest.«

Er ging um den Tisch herum, und als er sich zu Isabel hinunterbeugte, fing sie ohne Grund zu weinen an.

»Ich will nicht, daß du wegfährst.«

»Ich bin rechtzeitig für deine Geschichte wieder da.«

»Das stimmt nicht«, wandte Archie ein. »Du hast gesagt, du brauchst drei Stunden für die Hinfahrt. Es ist weiter als New York, vielleicht so weit wie nach Philadelphia.«

»Laßt euren Vater gehen.«

Isabel wiederholte, wobei sie sich an ihn klammerte:

»Ich will nicht, daß du wegfährst.«

Er mußte sich losmachen, hinauseilen, und Nora kam ihm nach.

»Was ist geschehen?« fragte sie leise.

»Sie ist von einem Bus angefahren worden.«

»Wo?«

»Am Ortseingang von Oldbridge«, antwortete er hart und mit starrem Blick, als ob diese Worte für ihn eine besondere Bedeutung hätten.

»Hat das Krankenhaus angerufen?«

»Ja.«

»Ist ihr Zustand ernst?«

Er zuckte die Achseln.

»Sie wissen es noch nicht.«

Nora zog eine weitere Schlußfolgerung.

»Sie ist jedenfalls bei Bewußtsein, weil sie deinen Namen angeben konnte. Wie haben sie sich unsere Adresse verschafft?«

»Sie haben unsere alte Nummer angerufen, und man hat ihnen gesagt, wo wir wohnen.«

»Fahr vorsichtig.«

»Ja.«

Durch die offene Tür sah er die vier Kinder um den Tisch sitzen, und er wandte den Kopf ab.

»Gibst du mir keinen Kuß?« fragte sie.

»Entschuldige.«

Er gab ihr einen Kuß, und es störte ihn wie vorhin beim Pfarrer, daß sie ihn mit zuviel Nachdruck festhielt.

»Mut, Walter.«

Er murmelte:

»Danke.«

7

Er wäre beinahe an der Stadt vorbeigefahren, in der er geboren war und fünfunddreißig Jahre lang gelebt hatte, denn die Hauptstraße, die früher die Bahnlinie nahe der Gasfabrik überquert hatte, führte jetzt durch die Sümpfe über eine Art Damm.

In den drei Stunden, in denen er am Steuer gesessen hatte, hatte er nicht bewußt gedacht. Er hatte die Augen auf die weißen Striche gerichtet, die sich vor ihm teilten, in den Ohren das betäubende Geräusch, ähnlich einem Sauggeräusch, von tausend Reifen auf dem Asphalt.

Den ganzen Merritt Parkway entlang, auf dem er bis kurz vor New York gefahren war, waren in beide Richtungen zwei, manchmal drei Autoreihen nebeneinander hergefahren, und auch diese Bewegung war wie eine Flucht gewesen, weil es so erbarmungslos war. Die Leute fuhren mit gefurchter Stirn und angespannten Nerven geradeaus, als ob ihr Leben auf dem Spiel stünde, oft mit der ganzen Familie auf dem Rücksitz, und die meisten wußten nicht, wohin sie fuhren, sicher nirgendwohin, vertaten die freien Stunden im Rhythmus ihres Motors.

Am Rand der Querstraßen, an den Kreuzungen, standen vereinzelt bunte Bretterbuden, wo Getränke und Essen verkauft wurde, Würstchen und Eiscreme,

Whisky oder Kaffee, und die Kinder in den Autos hatten Eistüten in der Hand, Männer gossen sich Bier aus der Dose in die Kehle.

Higgins hatte, wie geplant, New York über den Hudson River Drive umfahren und war über die Washington Bridge nach New Jersey gefahren.

Die Wolkenkratzer lagen jetzt hinter ihm, rosa Pyramiden in einem hellen Himmel, in den manchmal ein großes viermotoriges Flugzeug hineinflog.

Er hatte sich nicht ein einziges Mal gefragt, ob seine Mutter tot war oder im Sterben lag. Das Bild, das er immer vor Augen hatte, war das Bild, das er zuletzt unbewußt aus Williamson mitgenommen hatte: die vier Kinder, die er durch die offene Küchentür sah, wie sie am Tisch saßen und Huhn aßen.

Er mußte von der Hauptstraße abbiegen, die nicht mehr nach Oldbridge hineinführte, und erst an der Lincoln Street erkannte er die Gegend wieder. In den letzten zehn Jahren war hier mehr als in Williamson gebaut worden; wo er früher auf freiem Gelände gespielt hatte, stand jetzt ein Arbeiterviertel, dessen Häuser alle nach dem gleichen Entwurf gebaut worden waren, wo die Bäume entlang der Straßen nicht sehr hoch oder die Gehsteige nicht fertig waren.

Auf einer rechteckigen, grün eingezäunten Fläche spielten junge Leute in Daves Alter eine Partie Baseball; etwa hundert Zuschauer waren in Grüppchen auf den Rängen verteilt, und ein Schiedsrichter in Dunkelblau und mit einer Schirmmütze, der seine Rolle sehr ernst nahm, lief zwischen den Spielern herum. Lincoln Street hatte sich nicht verändert, doch es war Sonntag, und die Läden hatten geschlossen; man sah keine Menschenseele auf den Gehsteigen, nur ein paar Autos parkten am Rand und rochen nach sonnenheißem Blech. Der Rathausplatz, an dem zwei Kinos einander gegenüberstanden, dazwischen parkende Autos. Die Bewohner, die nicht zu Hause bei offenem Fenster schliefen oder fernsahen, mußten dort in den Kinos sein, reglos vor den Leinwänden sitzen, die von überdimensionierten Menschen bevölkert wurden. Oder sie waren auf der Straße wie alle diejenigen, denen er seit Williamson begegnet war.

Die Stadt schien ihm wie ausgestorben zu sein, und eine unbestimmte Angst schnürte ihm die Kehle zu, als er nach links abbog, noch einmal nach links, immer noch war alles leer, vorbei an den Gehsteigen, auf denen er so oft gelaufen war, bis er auf dem Platz, wo das Krankenhaus stand, ankam.

Das Krankenhaus war auch nicht mehr das gleiche. Die alten Gebäude mit den vergitterten Fenstern und mit den Ziegelsteinen, die von den unterhalb in einer Art Graben fahrenden Zügen schwarz geworden waren, hatten einem modernen Bau aus Beton und rosa Stein Platz gemacht. Der breite Eingang mit der Markise darüber wirkte wie der eines Luxushotels.

Es war halb vier Uhr auf der elektrischen Uhr im Wartesaal mit dem weißgefliesten Fußboden, den weißen Wänden, neuen Sesseln, in dem links ein Schalterfenster in der Glaswand des Büros eingebaut war.

An dem Lärm in den Gängen, an den Kranken, die er vorbeigehen sah, begleitet von Frauen und Kindern, einige in Rollstühlen, merkte er, daß Besuchszeit war. Er erkannte übrigens die alte Dame wieder, die hinter dem Schalter an einem Tisch saß und rosa Tickets an die Ankommenden austeilte. Bis jetzt war es das einzige Detail, das sich seit der Zeit, da er Louisa regelmäßig im Krankenhaus besucht hatte, nicht verändert hatte.

Ein paar Damen aus der Stadt verteilten Lektüre an die Kranken, erledigten kleine Aufgaben wie die, bei der Besuchszeit die Ein- und Ausgänge zu kontrollieren. Diejenige, die heute am Tisch saß, war schon vor zwölf oder dreizehn Jahren da gewesen; wie damals war sie violett und weiß gekleidet mit einem kleinen Samthut und hellem Schleier. Es kam Higgins sogar so vor, als ob er ihren süßlichen Duft wiedererkenne. Er wußte ihren Namen nicht. Die schwarze Limousine an der Treppe mit einem Chauffeur in beiger Livree auf dem Fahrersitz mußte zu ihr gehören, und er hätte geschworen, daß sie nicht älter geworden war. Es war, als ob sie ihren Platz im Vorzimmer nie verlassen hätte.

»Zu wem wollen Sie?« murmelte sie mit einem Lächeln, das an ein Bonbon denken ließ.

»Mrs. Higgins, Louisa Higgins.«

Sie schaute auf die Liste vor ihr und mußte dabei ein Lorgnon mit scharfen Gläsern benutzen, das an einem Band um ihren Hals hing.

»Wissen Sie den Namen sicher?«

»Wenn sie sich nicht unter ihrem Mädchennamen hat eintragen lassen. Dann ist es Louisa Fuchs.«

»Hat man Ihnen gesagt, daß sie hier liegt?«

»Das Krankenhaus rief mich heute morgen in Connecticut an und benachrichtigte mich.«

»Erkundigen Sie sich im Büro. Ich finde nichts. Es tut mir leid, daß ich Ihnen nicht helfen kann.«

Drei kleine Negerkinder saßen ganz brav auf den Sesseln, und die Füße der beiden kleinsten reichten nicht auf den Boden. Alle drei sahen sich ähnlich, hatten die gleichen dunkelbraunen Augen mit auffallend weißer Hornhaut. Higgins dachte sich, daß ihre Mutter ihnen sicher einen kleinen Bruder oder eine kleine Schwester geschenkt hatte. Sie durften nicht auf die Entbindungsstation, weil sie von draußen Bakterien hätten einschleppen können.

Er klopfte an den geschlossenen Schalter, und ein junges Mädchen, das eine Filmzeitschrift las, öffnete die Scheibe.

»Ich möchte meine Mutter besuchen, Mrs. Higgins, sie ist vielleicht unter ihrem Mädchennamen Fuchs eingetragen.«

»Ist sie schon lange hier?«

»Seit heute morgen.«

»Einen Augenblick bitte.«

Auch sie schaute auf einer Liste nach, dann in Karteikarten, schien erstaunt, nahm den Hörer ab und sprach mit jemandem.

»Haben Sie eine Patientin namens Higgins oder Fuchs, die heute morgen eingeliefert worden sein soll?«

Sie kam zu ihm und schüttelte den Kopf.

»Dieser Name ist nicht auf den Eingängen verzeichnet. Sind Sie sicher, daß es dieses Krankenhaus ist?«

»Gibt es noch ein anderes in Oldbridge?«

»Eine Privatklinik im Westen in der Nähe des Parks.«

Er kannte sie. Es war ein sehr teures Krankenhaus, in das man kaum ein Unfallopfer einlieferte.

»Man hat mich heute morgen angerufen«, beharrte er.

»Wer? Wissen Sie, wer angerufen hat?«

»Eine Dame. Ich glaube, sie war Krankenschwester.«

Er redete ruhig, ohne Ungeduld und war beeindruckt von all dieser Weiße und Sauberkeit.

»Eigentlich ist das Büro sonntags geschlossen«, erklärte ihm die Angestellte. »Der Chef ist nicht da. Ich habe allein Aufsicht, und die Kollegin, die heute morgen Dienst hatte, ist schon weg. Wann hat man Sie angerufen?«

»Kurz nach Mittag.«

»Ich bin um ein Uhr gekommen.«

Er hatte feuchte Hände und wollte sich die Nase putzen.

»Handelt es sich um eine Operation?«

»Ich nehme an. Man sagte etwas von einem Unfall.«

In diesem Augenblick kam eine Krankenschwester ins Büro und nahm nicht weiter von ihm Notiz. Wenn sie vor dem Fenster stand, konnte man die Umrisse ihres Körpers unter ihrem Kittel und ihrer Nylonwäsche erkennen.

»Hast du Zigaretten, meine Liebe?«

»In meiner Tasche ist ein Päckchen. Nimm sie. Ich habe noch eins in der Schublade. Hast du etwas gehört von jemandem, der heute morgen einen Unfall hatte?«

»Die alte . . .«

Die Krankenschwester hielt inne, als sie Higgins bemerkte, wurde verlegen und sagte dann:

»Jene, die von dem Bus angefahren wurde?«

»Ja, genau«, beeilte er sich zu sagen.

»Sie ist hier?« fragte die Sekretärin erstaunt. »Wie kommt es, daß sie nicht bei den Eingängen eingetragen ist?«

»Das, meine Liebe, ist nicht meine Sache. Alles, was ich weiß, ist, daß sie mit der Ambulanz gebracht wurde.«

»In welchen Saal hat man sie gelegt?«

Für sie war das eine alltägliche Unterhaltung. Die Krankenschwester wandte sich an Higgins und schien noch einmal zu zögern.

»Ich glaube nicht, daß sie in einem Saal liegt. Man hat sie auf die Notchirurgie gebracht.«

Die andere erklärte ihm:

»In diesem Fall können Sie sie jetzt nicht sehen. Auf dieser Station sind keine Besuche erlaubt.«

»Aber wenn man mich doch angerufen hat . . .«

»Ich weiß . . .«

Vielleicht war sie neu oder vertrat jemanden und zögerte, die Verantwortung zu übernehmen. Ihre Freundin in Schwesternkleidung mit roten Haaren wie Florence beugte sich zu ihr, um leise mit ihr zu reden: »Wenn du meinst . . .«

Dann ging die Krankenschwester aus dem verglasten Büro, vergaß aber nicht, vorher das Päckchen Zigaretten einzustecken, und sagte zu Higgins:

»Kommen Sie mit mir. Es ist nicht erlaubt, aber wir werden sehen, was die Oberschwester sagt.«

»Hat sie mich nicht angerufen?«

»Sicher nicht Mrs. Brown, denn sie hat wie alle ihren Dienst erst um ein Uhr angefangen. Folgen Sie mir.«

Sie redete auch mit der alten Dame in Violett, die nichts einzuwenden hatte, und sie liefen durch die Gänge, wo man durch die halb offenen Türen Kranke auf ihren Betten sah, Leute von draußen, die Blumen, Bonbons oder Obst mitgebracht hatten. Ein fünfjähriger Junge, so groß wie Isabel, ging an Krücken an ihnen vorbei und hielt sein rechtes Bein beinahe waagrecht von sich.

Sie gingen über eine Art Kreuzung, wo an einem Schreibtisch, über dem eine Tafel voller Zettel hing, ein Arzt die Schwesternberichte studierte; zwei Schwestern bereiteten große Tabletts mit Fruchtsaft vor.

»Hier entlang . . .«

Sie öffnete eine Tür, auf der »Eintritt verboten!« stand. Dahinter war es still. Niemand schien auf dem Gang oder in den angrenzenden Räumen zu sein, die voller seltsamer Instrumente waren.

»Mrs. Brown«, rief sie halblaut.

Und als niemand antwortete, rief sie noch einmal:

»Mrs. Brown!«

Schließlich sagte sie zu Higgins:

»Warten Sie hier.«

Und sie ging weiter, öffnete eine Tür, die sie wieder hinter sich schloß und über der eine rote Lampe brannte.

Mehr als zehn Minuten vergingen, in denen Higgins, schweißgebadet, mit auf dem Rücken klebenden Hemd, sich nicht traute, seinen Mantel auszuziehen.

Er dachte immer noch nichts. Hier befand er sich außerhalb der Welt, wie außerhalb des Lebens. Geburt, Schmerzen, Tod hatten hier nicht die gleiche Bedeutung wie anderswo. Es hatte ihn vorhin schokkiert, die langen Beine der Krankenschwester durch den Kittel hindurch zu sehen, als ob er in einer Kirche wäre, und auch die Tatsache, daß sie daran dachte, die Zigaretten mitzunehmen.

Ein Mann unbestimmten Alters, schlecht rasiert und mit gestreiftem Baumwollanzug, kam mit Eimer und Besen in der Hand eine Treppe hinauf, die Higgins gar nicht vermutet hatte, und schaute ihn mißtrauisch an.

»Sind Sie der neue Doktor?«

»Nein.«

»Was machen Sie dann hier?«

»Eine Krankenschwester hat mich gebeten, hier zu warten, und ist in dieses Zimmer gegangen.«

Er zeigte auf die Tür mit der roten Lampe, und der andere ging weiter, schüttelte den Kopf und brummelte undeutlich vor sich hin.

Es gab keinen Stuhl, nichts, um sich zu setzen, und vielleicht kam es vom Äther, daß er anfing, weiche Knie zu bekommen. Er schaute nicht auf seine Uhr. Es nützte nichts. Die Zeit war nicht mehr wichtig.

Endlich ging die Tür auf, und eine etwa fünfzigjährige Frau mit ausdruckslosem Gesicht und in Schwesternkleidung kam heraus und betrachtete ihn von weitem, bevor sie auf ihn zuging. Die junge Schwester hinter ihr gab Higgins unauffällig ein Zeichen und verschwand wieder in der Richtung, aus der sie gekommen war.

»Sie heißen Walter J. Higgins?« fragte die Oberschwester mit einem Zettel in der Hand.

»Ja, Madam.«

»Ist Louisa Fuchs Ihre Mutter? Sind Sie es, mit dem meine Kollegin in Williamson in Connecticut telefoniert hat?«

»Ja, Madam.«

Er war zu beeindruckt, um ihr Fragen zu stellen.

»Ich nehme an, daß Ihre Mutter nicht bei Ihnen lebt?«

»Nein, Madam.«

»Lebte sie allein?«

»Sie war in einem Heim in Glendale.«

»Bei Doktor Andersen?«

»Ja.«

»Verrückt?«

»Die Ärzte dachten, sie sei dort besser aufgehoben.«

»Ist sie weggelaufen?«

Man ließ ihn immer noch auf dem Gang stehen, und er versuchte herauszubekommen, was hinter der Tür vor sich ging, die nicht ganz geschlossen war.

»Sie müssen mit mir ins Büro kommen wegen der Papiere. Die Polizei möchte Sie auch sehen, damit Sie ihr die nötigen Unterlagen liefern.«

Er fragte und war erstaunt, wie normal seine Stimme klang:

»Ist sie tot?«

»Wußten Sie es nicht?«

Er schüttelte den Kopf, ohne zu wissen, ob er bewegt war oder nicht. Alles, was er gewollt hätte, war, sich zu setzen, und sei es nur für einen Augenblick.

»Ich dachte, man hat Sie angerufen?«

»Ja, aber man hat mir nicht gesagt, daß sie tot ist. Man sagte mir, es sei noch nicht möglich zu sagen, ob ...«

Sie sah auf ihren Zettel.

»Sie starb um zwölf Uhr fünfundzwanzig.«

Die Zeit, als er das Haus verließ, nachdem er noch einen letzten Blick auf die vier Kinder in der Küche geworfen hatte.

»Hat sie etwas gesagt?«

»Ich war nicht da. Wenn Sie ein paar Minuten warten wollen, Doktor Hutchinson, der Dienst hatte, kommt gleich aus dem Operationssaal. Sehen Sie! Da ist er schon!«

Ein großer, noch sehr junger Mann, mit einer Kappe auf dem Kopf, Gummihandschuhen und roten Gummischuhen erschien auf dem Gang und nahm die Maske ab, die die untere Gesichtshälfte abdeckte. Schweiß stand auf seiner Stirn, die Augen glänzten fiebrig vor Erschöpfung.

»Nun?« fragte sie.

»Sie kommt wahrscheinlich durch. Ich komme in einer Stunde herauf, um nach ihr zu sehen.«

Es ging nicht um Louisa, sondern um ein junges Mädchen, das ausgestreckt und bewußtlos auf einer Bahre an ihm vorbeigerollt wurde. Er sah von ihr nur die dunklen und seidigen Haare, die ihn an Noras erinnerten, enge Nasenflügel, magere, durch das Laken wie gemeißelt wirkende Umrisse. Man fuhr sie in einen Aufzug, und Mrs. Brown erklärte dem Arzt:

»Er ist der Sohn der Frau, die um zwölf Uhr fünfundzwanzig starb.«

Doktor Hutchinson ging in einen Waschraum, wo er sich die Handschuhe auszog und die Hände wusch, das Gesicht mit dem feuchten Handtuch abwischte und eine Zigarette anzündete, wobei er die ersten Züge gierig einsog und Higgins neugierig anschaute.

»Es scheint, sie ist aus der Anstalt in Glendale weggelaufen, wo sie Insassin war«, sagte die Krankenschwester weiter.

»Trank sie?« fragte der Arzt Higgins.

»Ja.«

»Das dachte ich mir. Sie roch stark nach Alkohol. Ihr muß schwindlig geworden sein, als sie die Straße überquerte, sonst läßt sich der Unfall nicht erklären, und man müßte auf Selbstmord schließen.«

Er fragte mechanisch:

»Warum?«

»Weil nach Aussage der Polizei außer dem Bus überhaupt kein Verkehr war auf der Thirty-second East, die ziemlich breit ist.«

Man hatte ihn schlecht informiert heute morgen, als man ihm sagte, der Unfall habe sich gleich am Ortseingang ereignet, oder aber die Stadt begann für die Krankenschwester, mit der er gesprochen hatte, erst bei den Geschäftsstraßen und den schönen Wohnvierteln. In der Thirty-second East war er geboren, in diesem kasernenartigen Haus, in dem Louisa mit ihrem Mann nach der Hochzeit gewohnt hatte.

»Hat sie Schmerzen gehabt?« fragte er, ohne genau zu wissen, was er sagte.

»Als man sie brachte, hatte sie sicher Schmerzen, aber sie ließ sich nichts anmerken. Es wäre übertrieben zu behaupten, daß sie lächelte, und doch . . .«

Er erkannte Louisa wieder, die sie bis zum Schluß zum Narren halten wollte.

»Ich habe ihr beinahe sofort darauf eine Narkose gegeben und . . .«

»War sie bei Bewußtsein?«

»In diesem Augenblick ja, und der Polizist, der sie begleitete, hat die Adresse notiert, die sie ihm gab.«

»Meine.«

»Ich nehme es an, weil Sie ja hier sind.«

Es lag etwas Seltsames in dem Augenausdruck des Doktors. Higgins merkte es an der Art, wie er ihn anstarrte, an einer gewissen gewollten Kühle.

»Wo wurde sie verletzt?«

»Schädelbruch, linker Schulter- und linker Beckenbruch. Sie hatte viel Blut verloren, und ich habe eine Transfusion versucht. Dabei ist sie gestorben.«

»Hat sie keine Nachricht hinterlassen?«

»Nichts außer Ihrem Namen und Ihrer Adresse. Wenn Sie es wünschen, gibt Ihnen die Verwaltung ihre Kleidung zurück. Im übrigen, wenn sie eine Handtasche oder etwas Persönliches bei sich hatte, so finden Sie es bei der Polizei. Ich nehme an, Sie brauchen ihn, Mrs. Brown.«

»Ja, Doktor.«

»Kann ich sie sehen?« fragte Higgins.

Sie sahen sich an. Der Arzt zuckte unmerklich die Achseln.

»Kommen Sie mit mir«, befahl die Frau.

Sie gingen eine Treppe hinunter, die in den hell erleuchteten Keller führte. Entlang dem Flur sah man wie im Stockwerk darüber Tür neben Tür; Mrs. Brown öffnete eine davon und ließ ihn eintreten. In einem engen Zimmer mit kahlen Wänden lag eine menschliche Gestalt mit einem weißen Leintuch zugedeckt auf einem Tisch, der aus Marmor zu sein schien, und es war merklich kühler als anderswo.

Die Oberschwester trat an den Tisch, hob das Tuch auf und warf es soweit zurück, daß man den Kopf und kleine graue Löckchen, die aus einer Bandage herausschauten, sehen konnte. Ein zweiter Verband, der die Kiefer geschlossen halten sollte, verdeckte teilweise die Wangen, so daß man nur die tiefliegenden Augäpfel sah, die schmale und spitze Nase, die blassen Lippen.

Er betete nicht, weinte nicht, wagte nicht, die Tote zu berühren. Er fror plötzlich wie in den Nächten, in denen er als Kind allein blieb und sich nicht wärmen konnte. Er hatte auch Angst, eine undefinierbare Angst, und sah die Krankenschwester an, um sich zu beruhigen.

»Ist sie es?«

Er nickte. Er hätte nicht gleich reden können. Er hatte es eilig, aus diesem Zimmer zu kommen, doch blieben seine Beine am Boden haften.

»Kommen Sie jetzt ins Büro und sagen Sie mir dort, was Sie tun wollen.«

Beim Hinausgehen machte sie das Licht aus, wobei er zusammenfuhr. »Hier entlang.«

Dasselbe junge Mädchen saß im Büro, und im

Wartesaal saßen die drei Negerkinder immer noch auf ihren Plätzen.

»Erheben Sie Anspruch auf die Leiche?«

Er sagte ja, und sie ordnete dem jungen Mädchen an:

»Bereiten Sie das Formular C vor, Eleanor.«

»Ich nehme an, Sie wollen die Leiche nach Williamson überführt haben?«

Er schüttelte den Kopf, schämte sich über das, was man für Gleichgültigkeit oder Zynismus halten konnte.

»Ich möchte gern, daß Sie in Oldbridge beerdigt wird, wo sie die meiste Zeit gelebt hat.«

»Das ist Ihre Sache. Auf Ihre Kosten selbstverständlich.«

»Auf meine Kosten, ja.«

»In diesem Fall müssen Sie sich an ein Bestattungsinstitut wenden. Kennen Sie eines?«

»Ich bin hier geboren.«

Sie runzelte die Stirn, als ob sie in ihrer Erinnerung suchte, aber sein Gesicht sagte ihr nichts, auch ihres erinnerte Higgins an nichts: sie hatten sicher nicht im gleichen Viertel gewohnt.

Er beantwortete die Fragen, die man ihm stellte, und immer neue Leute kamen und gingen, Anrufe kamen, bevor der Betrag ausgerechnet wurde, den er schuldete, und er den Scheck unterschrieb.

Als er hinausging und mitten in der Sonne stand, war er so geblendet, daß er eine Weile brauchte, um sein Auto unter den geparkten Wagen wiederzufinden. Er kam nicht auf den Gedanken, Nora anzurufen und ihr zu sagen, daß seine Mutter tot sei. Er dachte nicht mehr an Williamson, so als ob er nie dort gewesen wäre, und er dachte auch nicht mehr an seine Kinder. Er lebte in einer seltsamen Welt, die zugleich Vergangenheit und Gegenwart war und die er nicht erkannte.

Instinktiv fand er die Polizeistation, deren Tür sich nicht verändert hatte, aber man hatte die Innenwände neu gestrichen. Er hatte die beiden Polizisten in Uniform nicht gekannt, die beide jünger waren als er, aber er glaubte sich an den Sergeanten in Zivil ohne Jacke zu erinnern, der an einer Zigarre kaute und dabei mit einem grünen Schirm auf der Stirn auf der Maschine tippte.

Er sagte, wer er war und was er eben gemacht hatte, und alle drei schauten ihn schweigend an, ohne ihn zu unterbrechen. Danach spannte der Sergeant ein Formularblatt in die Schreibmaschine, und auch er begann ihm Fragen zu stellen, Namen, Vornamen, Adresse, Beruf, Namen seiner Mutter und ihr Geburtsdatum . . .

»Wie schreibt man Altona?«

Er buchstabierte das Wort.

»Ich nehme an, Sie wissen, daß wir hier einen ziemlich dicken Aktenordner über sie haben.«

»Ich weiß Bescheid.«

»Was haben Sie für einen Beruf?«

»Geschäftsführer im Supermarket Fairfax in Williamson.«

»Gehört der zu der gleichen Kette wie dieser hier?«

»Ich habe in der Filiale in Oldbridge angefangen.«

»Sie beanspruchen die Leiche?«

»Ich übernehme die Kosten für die Beerdigung, ja.«

»In Williamson?«

»Hier.«

Es kam ihnen allen eigenartig vor, er wußte nicht warum. »Es gibt da noch eine kleine Rechnung zu zahlen. Wir haben in ihrem Proviantbeutel zwei Halbliterflaschen gefunden, die ein Preisschild von Baumann trugen. Ich habe mit Baumann gesprochen. Die Flaschen sind ihm gestohlen worden.«

»Ich bezahle sie.«

»Wir weisen Sie darauf hin, daß Sie dazu nicht verpflichtet sind, aber es ist ratsam. Die Tasche war neu und wohl auch gestohlen, aber bis jetzt hat niemand Anzeige erstattet. Heute haben wir Sonntag, und die Geschäfte sind geschlossen. Gib mir die Tasche herüber, Fred.«

Einer der Polizisten brachte eine schwarze Plastiktasche, aus der er eine halbvolle Flasche Gin holte. Die andere war kaputtgegangen, und man konnte die Scherben in der Tasche sehen, die noch danach roch. Außerdem zwei Orangen, zerdrückte Bananen und ein Paket Kekse, die der Alkohol aufgeweicht hatte.

»Das ist alles, was wir gefunden haben. Keine Geldbörse, keine Brieftasche. Kein Geld.«

»Sie haben nicht erfahren können, wie sie von Glendale hierher gekommen ist?«

»Jedenfalls nicht zu Fuß. Vielleicht hatte sie auch etwas Geld für den Bus, oder sie ist per Anhalter gefahren.«

»Um wieviel Uhr geschah der Unfall?«

»Zehn Uhr.«

»Wenn sie zu Baumann gegangen ist, kann das nur gestern gewesen sein.«

»Am Samstag bleibt der Laden bis zehn Uhr geöffnet.«

»Ich weiß. Ich frage mich, wo sie übernachtet hat.«

Der Sergeant machte eine Bewegung, die ausdrücken sollte, daß ihn das nichts anginge.

»Unterschreiben Sie hier links, auf der Seite unten. Hier ist die Quittung für acht Dollar sechzig, die ich Baumann geben werde.«

Higgins wußte, daß sich hinter dem Büro ein Gang befand und auf diesem Gang eine Gittertür, hinter der seine Mutter manche Nacht verbracht hatte, aber gestern hatte sie dort nicht genächtigt.

»Gehen wir zum Bestattungsinstitut? Diese Unternehmen haben am Sonntag geöffnet wie an anderen Tagen auch. Welches nehmen Sie?«

»Oward und Turner, wenn das noch existiert.«

Ein Sohn Turners war mit ihm auf die High School gegangen, aber er war drei Jahre jünger, und sie hatten nicht zusammen gespielt.

»Ich nehme an, sie hat dem Polizisten, der sie aufgehoben hat, nichts gesagt?«

»Der, der sie ins Krankenhaus gebracht hat, ist nicht da, doch erwähnt er keine Aussage in seinem Bericht.«

»Ich danke Ihnen.«

»Keine Ursache.«

Ohne einen triftigen Grund dafür zu haben, war er davon überzeugt, daß sie alle drei laut lachen würden, sobald er ihnen den Rücken gekehrt hätte. Er lief nicht, er redete nicht wie gewöhnlich. Er fühlte sich als ein anderer Mensch, älter, von allem losgelöst, als jemand, den er kaum wiedererkannte. Oward und Turner waren umgezogen und hatten ihr Geschäft jetzt auf der Anhöhe, im Wohnviertel, das sich ausgedehnt, seinen Charakter aber bewahrt hatte.

Nur in den östlichen Stadtvierteln, den alten, den armen Vierteln veränderte sich der Rahmen nicht, blieben sich die Straßen und Geschäfte gleich, die Häuser, die jedes Jahr etwas mehr zusammenfielen, wie die alten Leute und der immer gleiche Schwarm Kinder auf der Straße.

Er wußte nicht, was er antworten sollte, als man ihn fragte, wann die Beerdigung sein sollte. Er hatte nicht bedacht, daß er nach Oldbridge zurückkommen müßte. Und er hatte auch nicht bedacht, daß er hier wegfahren würde. Er hatte keinen Anhaltspunkt mehr. Über seine Zukunft war nichts entschieden. Er schwebte wie in Ungewißheit in einer ungewohnten Welt.

»Würde Ihnen Dienstag passen?«

Er akzeptierte den Dienstag, um nicht nachdenken zu müssen.

»Um zehn Uhr?«

Warum nicht? Dann zeigte man ihm Albums mit Bildern von Särgen, Grabsteinen, danach einen Plan des am nächsten gelegenen Friedhofs, nicht den, den er kannte und der jetzt voll war, sondern einen neuen, den man sechs Meilen davon entfernt gebaut hatte.

»Ich nehme an, Sie bezahlen gleich? Für gewöhnlich . . .«

Er unterschrieb einen neuen Scheck. Es war unwichtig.

»Lassen Sie uns bitte Ihre Telefonnummer da, damit wir Sie im Notfall anrufen können.«

Er gab die Nummer von Williamson an und schien darüber verwundert zu sein, so wie alle anderen über sein Verhalten verwundert gewesen waren.

Er hätte beinahe sein Auto vergessen, fuhr auf die leicht abfallende Straße, von der aus man die Dächer der Stadt sehen konnte. Er war auch diese Straße schon hinuntergelaufen, aber sie war ihm fremd geworden wie alles übrige. Trotzdem hätte er alle Häuser mit Namensschildern versehen können, denn jahrelang hatte er mit dem Lieferwagen hier Transporte ausgefahren. Manche Kunden gaben ihm ein Trinkgeld, andere schenkten ihm etwas zu Weihnachten, vor allem Zigaretten, weil sie nicht wußten, daß er nicht rauchte.

Hätte er nicht die Straße Richtung New York und Connecticut nehmen müssen? Er wußte es nicht mehr. Jemand hätte ihm beistehen müssen, um klarer zu sehen, als er es konnte. Er fuhr mit seinem Auto den Hang hinunter, durch das Geschäftsviertel, vorbei am Supermarket Fairfax. Ein Spruchband kündigte für den nächsten Tag denselben Reklameverkauf an, den sie in Williamson gemacht hatten. Plötzlich parkte er am Gehsteig an der Ecke der Thirty-second East.

Dort, kaum fünfhundert Meter weiter, stand zwischen den einfarbigen Häusern, an denen der Zement abbröckelte, das Haus, in dem er geboren war und die ersten Jahre verlebt hatte. Die Geschäfte hatten zwar die Jalousien heruntergelassen, aber er erkannte sie wieder, und auch manche Namen an den Schaufenstern waren die gleichen wie in seiner Kindheit.

Aus den Stockwerken drang Musik durch die offenen Fenster, und vereinzelt sah man einen Mann oder eine Frau auf dem Fensterbrett lehnen. An einem der Fenster stand ein junges Paar und hielt sich umschlungen, im Halbdunkel dahinter sah man ein großes Bett.

Man hatte ihm nicht gesagt, an welcher Stelle der Straße genau sich der Unfall ereignet hatte, und er hatte nicht gewagt zu fragen. Vielleicht hatte er vorhin nicht daran gedacht? Er brauchte die dicke Frau in ihrem roten Kleid nicht zu fragen, die auf einem Stuhl neben der Tür saß, denn etwas weiter sah er Glassplitter nahe am Gehsteig. An dem Bus mußte beim Bremsen eine Scheibe zerbrochen sein, vielleicht war ein Fahrgast durch den Aufprall gegen die Scheibe gefallen?

Als er näherkam, sah er braune Flecken mit ein bißchen Dunkelrot drin, die nicht eingetrocknet waren. Er stand genau vor der Nummer siebenunddreißig, der Mietskaserne seiner ersten Lebensjahre, wo jetzt an den meisten Fenstern keine Vorhänge mehr hingen, als ob die Mieter einer nach dem anderen auszögen, und wo die Eingangstür in einen dunklen, kalten Hausflur führte.

Er suchte die beiden Fenster im dritten Stock und bekam wieder Angst. Er hatte das Gefühl, ihm drohe eine Gefahr; es packte ihn der verrückte Wunsch, wegzurennen, bis ihm der Atem ausging. Sein Blick glitt über die Fassade allmählich weiter nach unten und blieb im ersten Stock an einem Mann hängen, der eine Zigarette rauchte und ihn, die Hemdsärmel aufgekrempelt, anschaute.

Beide beobachteten einander, und beide runzelten

beinahe gleichzeitig die Stirn. Higgins traute sich nicht weiterzugehen, denn der andere in seinem Zementrahmen bewegte sich plötzlich wie eine Person auf einem Bild, das lebendig wird, und winkte ihm.

»He! Walter . . .«

Auch Higgins hatte ihn wiedererkannt: einen Jungen in seinem Alter, der schon im Hause gewohnt hatte, als er noch dort wohnte, und den er später auf der Volksschule wiedergetroffen hatte. Wegen seines langen Oberkörpers und seiner kurzen Beine hatte man ihm den Spitznamen Shorty gegeben. Sein richtiger Name fiel ihm nicht gleich ein, er suchte ihn, als ob dies plötzlich sehr wichtig wäre, verlor die Geduld, weil er sich vergeblich bemühte.

»Bist du es?« rief Shorty, der beinahe keine Haare mehr hatte, sich aber einen kurzen blonden Schnurrbart hatte stehen lassen.

»Komm rauf! Weißt du den Weg noch?«

Ein fremdklingender Name: Rader! Es fehlte nur noch der Vorname, den man beinahe nie sagte, weil er Shorty genannt wurde.

Er traute sich nicht, die Aufforderung abzulehnen. Eine Frau war hinter der Schulter seines früheren Freundes aufgetaucht und schaute in seine Richtung, murmelte eine Frage, die ihr Mann halblaut beantwortete. Higgins gab zu verstehen, daß er käme, und ging mit gesenktem Kopf über die Straße wie es seine Mutter heute morgen getan hatte.

Nur kam kein Bus, der ihn anfuhr, und resigniert ging er unter dem Torbogen durch.

8

Mindestens zweimal hätte er beinahe Nora angerufen, nicht nur um sich zu beruhigen, sondern auch um sie zu fragen, ob sie ihn nicht holen könnte; er war so fassungslos, daß er sogar den Gedanken erwog, Doktor Rodgers anzurufen. Er war wohl nicht eigentlich krank, aber war das nicht schlimmer als eine Angina oder eine Lungenentzündung? Riskierte er nicht sein Leben? Warum sollte es nicht Leute geben, an die man sich in solchen Fällen wenden konnte?

Er hatte vergessen, wie es früher in diesem Haus gerochen hatte. Es war ein Geruch, der ihn im Hals würgte, sobald er die Treppe hinaufging. Vielleicht war er nicht so ekelerregend gewesen, als er klein war, oder vielleicht hatte er ihn nicht so empfunden, weil er damals daran gewöhnt war? Schon nahm er es Rader übel, daß er ihn zu dieser Art Pilgerreise gezwungen hatte in einem Augenblick, in dem er am ehesten Ruhe und Beherrschung gebraucht hätte.

»Komm herein, Alter. Das macht vielleicht Freude, dich wiederzusehen. Du kennst Yvonne nicht?«

Das war die Frau, die er am Fenster gesehen hatte. Sie war ungekämmt, und durch ihre Bluse hindurch, an der zwei Knöpfe fehlten, sah man zwei schlaffe weiße Brüste. Sie trug keine Strümpfe. Ihre Knöchel oberhalb der Pantoffeln waren schmutzig.

Sie zeigte sich nicht so erfreut über sein Erscheinen wie ihr Mann und machte mit schmollender Miene den Fernseher aus, ein schon altes Modell. Es wurde gerade ein Basketball-Match übertragen, als Higgins hereinkam.

»Ich hab mich gefragt, wer der Typ sein mochte, der die Fassade so anschaute, als ob er eine Wohnung suchte, bis ich gemerkt habe, daß du es warst . . .«

Er redete mit einer Begeisterung, die Higgins peinlich war. Seine Fröhlichkeit hatte, so schien ihm, etwas Grimmiges an sich, wie Louisas Lachen. Später fragte er sich sogar, ob sein früherer Freund es nicht, wie Louisa auch, absichtlich machte, um ihn zu ärgern oder ihm weh zu tun.

Er war unrasiert, wahrscheinlich den ganzen Tag schon ungewaschen, und die Wohnung war schmutzig und unordentlich.

»Der alte Walter! Setz dich, darauf müssen wir einen trinken!«

Warum traute er sich nicht, zuzugeben, daß er nicht trank, und abzulehnen? Auf dem runden Tisch lag eine gemusterte verblichene Wachstuchdecke, die an manchen Stellen Löcher hatte, und Shorty stellte stolz eine bauchige Flasche italienischen Weins in einem Strohkorb und dicke, graufarbene Gläser darauf.

»Ich habe mich oft gefragt, was aus dir geworden ist. Man trifft nicht jeden Tag alte Freunde, weil sie anscheinend in ganz Amerika verstreut leben. Ganz zu schweigen von denen, die gestorben sind. Auf dein Wohl!«

Seine Frau nahm eines der Gläser. Der Wein war

dunkel, beinahe schwarz, und Higgins hätte den ersten Schluck beinahe wieder ausgespuckt, weil er in der Kehle kratzte.

»Ausgezeichnet! Das und die Spaghetti sind das beste, was uns die Italiener mitgebracht haben! A propos Italiener, erinnerst du dich an Alfonsi? Ob du es glaubst oder nicht, er ist Pfarrer geworden, und vor einiger Zeit ist er wieder nach Oldbridge gekommen und hat jetzt hier eine Pfarrei! Das ist komisch, wenn man ihn gekannt hat, wie er sich mit den Mädchen hinter den Mülltonnen auf der Straße versteckte.«

Warum hatte er das Bedürfnis, so viel zu reden, und ließ kein Schweigen aufkommen? Das Zimmer, in dem sie saßen und an dessen Fenster Higgins ihn vom Gehsteig gegenüber gesehen hatte, diente gleichzeitig als Küche, Eßzimmer und Living-room. Auf dem Gasherd kochte auf kleiner Flamme ein Fleischgericht, und die Möbel erinnerten an die, die es bei manchen Trödlern zu kaufen gibt, wo man sich fragt, wer sich darauf einlassen kann.

Trotzdem war es die beinahe genaue Kopie des Zimmers, in dem er als Kind gelebt hatte, mit dem Unterschied, daß bei ihm auch noch ein Eisenbett in einer Ecke stand, das tagsüber zusammengeklappt wurde.

Die Tür zum Schlafzimmer der Raders stand halb offen, und Higgins hatte schon den Wasserhahn bemerkt. Den gab es zu seiner Zeit nicht, man mußte das Wasser hinten im Gang holen. Die beiden Betten waren seit gestern, vielleicht auch seit mehreren Tagen nicht gemacht. Das eine, ein Doppelbett aus dunklem Holz war ganz hoch; das andere bestand nur aus einer Matratze mit vier Holzpfosten, mit einem angeschmutzten Laken und einem grünlichen Bezug darüber.

»Ich würde nicht behaupten, daß du gut aussiehst, aber du machst den Eindruck eines erfolgreichen Mannes.«

Rader schien mit einem Blick die Qualität seines Anzugs, seiner Schuhe einzuschätzen.

»Ich kann mich auch nicht beklagen, nicht wahr, Yvonne?«

Diese lag jetzt auf der Fensterbank aufgestützt und drehte den Kopf mürrisch, beinahe aggressiv um.

»Was?«

»Ich hab gesagt, wir können uns nicht beklagen.«

»Worüber?«

»Wie wir leben. Man reißt sich kein Bein aus und hat genug zu fressen.«

Sie zuckte die Schultern, beugte sich wieder aus dem Fenster.

»Warst du noch in Oldbridge, als meine Mutter starb?«

Higgins erinnerte sich nicht. Er war nie, außer als kleiner Junge, mit Rader eng befreundet gewesen und hatte, als sie nach einer Flucht Louisas weggezogen waren, den Kontakt zu ihm verloren. Doch für seinen früheren Freund schienen sie ihr ganzes Leben wie Brüder verbracht zu haben. Er füllte die drei Gläser nach.

»Auf dein Wohl! Was habe ich gesagt? . . . Ach ja! Als meine Mutter gestorben ist, hat mein Alter beschlossen, daß er von der Stadt die Nase voll hat, und ist aufs Land gezogen, nach Südkarolina, mit einem Schwager. Ich habe die Wohnung behalten, und wahrhaftig, ich glaube, Yvonne und ich werden bis zuletzt in dieser Baracke wohnen. Vor drei Jahren hat die Stadt beschlossen, das Haus abzureißen. Damit ist nicht begonnen worden, und es kann noch lange dauern. Die Hälfte der Mieter ist weggezogen. Schau! Die Wohnung, in der du gewohnt hast, steht leer, und Leute haben die Türen zum Heizen genommen.«

Higgins hatte das zweite Glas getrunken, und es ekelte ihn schon weniger vor dem Wein, es durchlief ihn warm, wie er es nicht kannte. Drehte sich ihm der Kopf? Jedenfalls sah er die Bilder nicht mehr so klar wie vorher, und er sagte sich, daß es der Schnupfen sei, der ihm das Wasser in die Augen trieb.

»Hast du Kinder?«

Er nickte und schämte sich, hier von ihnen zu erzählen.

»Wir haben auch eins, einen Sohn. Er ist bei der Marine. Erinnere mich, daß ich dir ein Bild zeige. Ein kräftiger Kerl, einen Kopf größer als ich. Als er wegging, hatten wir ein Bett zuviel, und ich habe einem Kameraden, der Witwer ist und niemanden auf der Welt hat, vorgeschlagen, bei uns zu wohnen. Du wirst ihn nicht kennenlernen, denn jeden Sonntag tankt er in der Bar an der Ecke und kommt nicht vor Mitternacht zurück.«

Higgins fragte sich noch immer, ob Rader es absichtlich tat oder ob er es nicht merkte.

»Was mich betrifft, so habe ich zuerst im Gaswerk

gearbeitet, dann habe ich den Job gefunden, der mir paßt. Ich fahre einen Müllwagen. Es scheint auf den ersten Blick ekelhaft zu sein, aber man gewöhnt sich daran. Es ist nicht anstrengend, jeden Tag fährt man den gleichen Weg, und es wird gut bezahlt. Ärgerlich ist, daß man morgens so früh aufstehen muß ...«

Sein Vater, daran erinnerte sich Higgins plötzlich, war Nachtwächter in einem Lager der Eisenbahn gewesen und hatte immer rote Augen gehabt, weil er bei dem Krach im Haus tagsüber nie schlafen konnte. Man hatte ihn oft im Hemd, barfuß und mit zerzausten Haaren auftauchen und den erstbesten Gegenstand in die schreiende Kinderschar auf der Treppe werfen sehen.

Shorty hielt ihn länger als eine Stunde auf, redete von früher, von Leuten, die Higgins vergessen hatte, von anderen, an die er sich genau erinnern konnte, wie an Gonzales, dessen Vater im Winter am Kalkofen arbeitete und in der Saison die ganze Familie in den Süden mitnahm, um Baumwolle zu pflücken.

»Du hast ihn auch gekannt, nicht wahr? Ich frage mich, ob nicht er es war, der dir eine solche Tracht Prügel verpaßte, daß du drei Tage lang nicht in die Schule gehen konntest ...«

Er hatte den Vorfall vergessen, wenn es sich nicht um einen anderen Jungen aus dem Viertel handelte.

»Hast du seinen Namen nicht in der Zeitung gelesen? Auch die New Yorker Zeitungen haben über ihn geschrieben und sein Bild veröffentlicht. Nicht das von unserem Gonzales, sondern von einem seiner Söhne. Mit siebzehn ging der nach Philadelphia zum Arbeiten, und eines schönen Tages erfuhr man, daß er einen

Polizisten niedergeschossen hatte. Sie haben ihn zum Tod verurteilt. Man hat ihn gehängt, und am gleichen Tag hat sich sein Vater, unser Gonzales, mit einem Rasiermesser die Kehle durchgeschnitten. Auf dein Wohl, alter Bruder!«

Higgins fing an, sich wirklich krank zu fühlen, wagte aber nicht, es zuzugeben.

»Hier sieht man alles. Um nur von heute morgen zu erzählen: eine alte Säuferin hat sich unter einen Autobus geworfen, und du kannst mir glauben, daß es nicht schön war. Ich stand am Fenster. Ich habe alles gesehen, so wie ich dich sehe. Bist du glücklich?«

Was hätte er antworten sollen?

»Wo lebst du?«

»In Connecticut.«

»Es sieht so aus, als ob da unten lauter reiche Leute wohnten. Ich bin nie über New York hinausgekommen. Würde lieber nach Süden gehen, wegen der Sonne. Sag mal, Yvonne, wie wär's, wenn wir ihn zum Essen einladen würden?«

»Das Abendessen ist erst in einer Stunde fertig«, wandte sie ein.

»Ich muß vorher gehen.«

»Hast du einen Wagen?«

»Ja.«

»Wo hast du ihn stehen?«

»An der Ecke.«

»Kurz, du hast unbedingt das Haus wiedersehen wollen? Ich werde dir etwas gestehen, das jemand anders als du gar nicht verstehen könnte. Ich hänge an dieser alten Kaserne, und wenn ich ausziehen müßte, weiß ich jetzt schon, daß es mir leid täte!«

Higgins bemühte sich, höflich zu lächeln, aber er fühlte sich immer schlechter; er hatte jetzt den Eindruck, daß das Blut aus seinen Adern wich, daß sein Magen streikte.

Er hatte es eilig zu entfliehen, wirklich zu entfliehen, ihnen zu entkommen, die sich alle verschworen zu haben schienen, um ihn festzuhalten: seine Mutter, Rader, das Haus, sogar die Straße. Es war möglich, daß sein früherer Freund gelogen oder sich getäuscht hatte, daß Louisa sich nicht unter den Bus geworfen hatte, sondern daß ihr schwindlig geworden war, wie der Arzt im Krankenhaus vermutet hatte. Jetzt, wo er hier war, hielt er es jedoch für möglich, daß sie es absichtlich gemacht hatte, um ihn zu zwingen, zurückzukommen.

»Nein! Du darfst noch nicht gehen! Noch ein letztes Glas und wir lassen dich gehen. Nimmst du auch noch eines, Yvonne?«

Was hatten die Eheleute den ganzen Tag über gemacht, außer auf die Straße oder in den Fernseher geschaut, gegessen, auf dem ungemachten Bett gelegen?

Er durfte hier nicht versacken und wurde sich bewußt, daß er auf dem besten Weg dazu war. In diesem Augenblick dachte er zum ersten Mal, daß er Nora anrufen sollte, und sei es auch nur, um ihre Stimme zu hören, um sich zu vergewissern, daß sie und die Kinder und ihr Haus wirklich existierten. Sein ganzes Wesen rebellierte gegen diese Vergangenheit, die ihn einschließen wollte.

»Ich schwöre dir, Shorty, ich muß gehen . . .«

»Hast du gehört, Yvonne? Er hat gerade Shorty gesagt wie früher!«

Als er ihn endlich gehen ließ, schlug Rader auf der Treppe vor:

»Willst du nicht hinaufgehen und kurz deine alte Wohnung anschauen?«

Higgins schaute ihn entsetzt an, mußte an sich halten, um nicht wegzulaufen. Auf der Straße war er so unglücklich, so fassungslos, daß er sich beinahe auf eine Hausschwelle gesetzt hätte, um darauf zu warten, was das Schicksal mit ihm machen würde. Soeben, er wußte schon nicht mehr wann, hatte er sich alt gefühlt. Jetzt dagegen war er wieder ein Kind, das Hilfe brauchte. Man hatte ihm nie geholfen, niemand! Als er ganz klein war, hatte man ihn in die Rolle eines Mannes gedrängt, und er hatte sich mutig darauf eingelassen.

Er wußte nicht mehr weiter. Er ließ sich treiben. Doktor Rodgers, der gebildet war und Erfahrung besaß, hätte ihm sicher helfen können, aber er traute sich nicht, ihn anzurufen. Was hätte der Doktor gemacht, wenn Higgins ihm am anderen Ende der Leitung gesagt hätte:

»Ich bin in Oldbridge, sitze auf einer Türschwelle der Thirty-second East und kann nicht mehr, ich weiß nicht mehr, was ich tun soll. Sie müssen mich holen.«

Er hatte sich gegen sie gestellt in Williamson. Er hatte ihnen die Stirn geboten, und es war unmöglich, daß sie ihm das nicht übel vermerkten. Er glaubte nicht mehr an sie, an niemanden und nichts, und er war auch unfähig, hierzubleiben, wo er begonnen hatte.

Seine Beine waren müde. Er hatte einen üblen Geschmack im Mund, und seine Bewegungen waren nicht mehr so kontrolliert wie gewöhnlich. Er stolperte zweimal auf dem Gehsteig, bis er an sein Auto kam, und hatte Mühe, den Schlüssel in das Schloß zu stecken.

Er mußte unbedingt auf dem schnellsten Weg nach Hause, sich vergewissern, daß es noch etwas Reales gab. Wieder fuhr er falsch, als er die Stadt verließ, wegen der neuen Straße, irrte orientierungslos eine Viertelstunde lang umher und fuhr dann wohl in einer Einbahnstraße, denn die Autofahrer, die ihm begegneten, machten ihm auffällige Zeichen.

Er fuhr unsicher, und nachdem er beinahe auf einen Lastwagen aufgefahren wäre, verlangsamte er, von Angst gepackt, das Tempo. Als es dunkel wurde, war er noch nicht einmal bei der Washington Bridge, und ihm fiel ein, daß er nicht zu Mittag gegessen hatte. Sein Unwohlsein war also vielleicht nur Hunger.

Sogar die Restaurants mit ihren Neonschildern am Straßenrand beeindruckten ihn, weil er nie hineinging, und er fuhr an etwa zehn vorbei, bis er auf einen der Parkplätze abbog.

Er war mehr und mehr davon überzeugt, daß Rader und auch seine Mutter es absichtlich gemacht hatten. Er konnte es nur ungenau formulieren, aber er wußte, was er meinte, und das bittere Lächeln eines Gefoppten kam ihm auf die Lippen. An allen Tischen, auf denen karierte Tücher lagen, saßen Gäste; an der Bar, an der es stark nach Alkohol roch, saßen Männer.

Würde ihm ein Glas Whisky in dem Zustand, in dem er sich befand, nicht guttun? Der Doktor hatte einmal Nora einen gegeben, als sie ohnmächtig gewesen war;

die halbe Flasche hatte lange im Schrank gestanden, bis man sich dazu entschlossen hatte, sie wegzuwerfen.

Warum ergriff er die Gelegenheit nicht, um seine Frau anzurufen? Er sah eine Telefonzelle neben den Toiletten.

»Was soll es sein?« fragte der Mann an der Bar.

Furcht vor der Meinung der anderen hielt ihn noch zurück.

»Scotch, Bourbon oder Rye?«

Er sagte einfach Rye, trank den Inhalt des kleinen Glases aus, das man vor ihn hingestellt hatte, und dann das Eiswasser, das man ihm gleichzeitig serviert hatte. Beinah gleich darauf spürte er im Körper die gleiche Wärme wie bei Rader.

Vielleicht war das überhaupt die Lösung. Das Schicksal würde für ihn entscheiden. Er hatte genug gekämpft, allein, und konnte sich erlauben, am Wegrand hinzusitzen und darauf zu warten, daß ihm jemand die Hand reichte. Das war so eine Redensart.

Er würde sich nicht an den Straßenrand setzen. Er würde nach Hause fahren. Aber er wollte sich hinlegen und Nora nichts erzählen. Sollte sie sehen, wie sie zurechtkam. Er hatte sie alle lange genug auf Händen getragen und war müde.

Wer weiß? Rader hatte Louisa vielleicht wiedererkannt von seinem Fenster aus und hatte nur Theater gespielt, als er davon erzählte. Es war nicht möglich, daß er wirklich mit sich zufrieden war, mit einem Leben, das nur die grobe Karikatur eines Lebens war. Trotzdem schien er stolz zu sein auf seinen Sohn bei der Marine, auch stolz darauf, keinen Hunger leiden zu müssen.

». . . genug zu fressen!« hatte er präzisiert.

Er klammerte sich an die verhaßte Mietskaserne, in der einen alle schlechten Gerüche der Menschheit in der Kehle würgten.

»Dasselbe?«

Er sagte ja, mußte ja sagen, denn man goß sein Glas voll aus einer Flasche mit einem Metallschnabel auf dem Flaschenhals. Danach war er nicht mehr so sicher, was mit ihm geschah.

Immer noch wurde er beunruhigt von dem Gefühl der Angst und der Dringlichkeit. Er mußte schnellstens nach Williamson zurück, um einer Gefahr zu entrinnen, er wußte nicht welcher, war aber sicher, daß sie existierte. Nur fühlte er sich nicht Herr über sein Auto; die Scheinwerfer, die aus dem Dunkel auftauchten und ihn anstrahlten, erschreckten ihn.

Er umging New York, fuhr auf einer beleuchteten Straße, auf der, so hätte man meinen können, alle Autos Amerikas sich ein Stelldichein gaben.

Er wollte nicht das Opfer eines Unfalls werden, das man ins Krankenhaus transportierte und in einen kleinen Kellerraum einsperrte, wo man das Licht ausmachte.

Noch konnte er anhalten, Nora anrufen, sie bitten, ihm zu helfen. Sie würde sicher ein Auto auftreiben, würde zum Beispiel fragen, ob . . .

Nein! Nicht das von Carney! Allein diese Kleinigkeit bewies, wie dumm er gewesen war! Wessen Auto?

Warum auch versuchen, nachzudenken, wo er solche Kopfschmerzen hatte! Noch einmal fuhr er verkehrt, als sich die Autobahn gabelte, und er fuhr beinahe eine Stunde lang in Richtung Albany, wobei er sich überlegte, warum er die Strecke nicht wiedererkannte.

Er entdeckte eine Gaststätte im Blockhausstil – wie Lincolns Geburtshaus – und ging hinein, um nach dem Weg zu fragen. Drinnen war es warm. Er trank noch einen. Und immer noch fuhren im Dunkeln die Scheinwerfer auf ihn zu, manche gingen an und aus, um ihm etwas zu signalisieren, was er nicht verstand.

Man hatte ihn nicht nur in Williamson zum Narren gehalten, sondern schon in seiner Kindheit, seit seiner Geburt, jeder ohne Ausnahme, angefangen bei seiner Mutter.

Er durfte nicht schlecht von ihr reden, denn sie war tot, und man hat kein Recht, Toten Schlechtes nachzusagen. Übrigens sprach er ja mit niemandem darüber. Er dachte es ganz für sich allein. In den Kurven reagierte sein Auto schwerfällig, rutschte leicht nach rechts ab.

Er war vorsichtig. Das war unbedingt notwendig. *Un-be-dingt.* Und auch die Abzweigung durfte er nicht verpassen, an der er vom Highway auf die kleine Straße nach Williamson einbiegen mußte.

Die Uhr am Armaturenbrett mußte kaputt sein, denn sie zeigte zwanzig Minuten vor Mitternacht, und es war unmöglich schon so spät. Er hielt an, weil er ein stechendes Bedürfnis verspürte, versuchte vergebens sich zu übergeben, setzte sich eine Weile ins Gras und schaute den vorbeifahrenden Autos nach.

Es war halb zwei Uhr morgens, als Nora, die schließlich ins Bett gegangen war, aber das Licht über der Haustür hatte brennen lassen, von einem Bremsgeräusch vor ihrem Haus erwachte. Sie schob die Vorhänge beiseite, erkannte am Gehsteigrand das Auto und wunderte sich, daß ihr Mann nicht ausstieg.

Sie zog einen Morgenmantel und Pantoffeln an, stürzte nach draußen. Durch die Scheibe sah sie im dunklen Auto Higgins' Gesicht, er saß so wie immer, wenn er fuhr, den Kopf aufrecht und die Hände auf dem Lenkrad.

Er drehte sich nicht zu ihr.

»Walter!«

Als er sich immer noch nicht bewegte, öffnete sie die Autotür, und er schwankte so, daß sie glaubte, er würde auf den Gehsteig hinausfallen.

»Was hast du? Was ist los mit dir?«

Er sah sie an, ohne sie zu sehen, und jetzt roch sie den Alkohol im Auto.

»Hast du getrunken? Fühlst du dich nicht wohl?«

Er strengte sich vergebens an, um etwas zu sagen. Kein Ton kam aus seinem Mund, den er auf- und zumachte wie ein Fisch. Er wollte aussteigen, fiel auf den Boden und lachte kurz auf.

Sie war nicht kräftig genug, um ihn tragen zu können. Er stand nicht auf, versuchte nicht einmal aufzustehen, und sie mußte Florence und den ältesten aufwecken.

»Pst! Kommt mit, aber leise!«

»Was ist los, Mama?« fragte hinter der Wand Isabel, die aufgewacht war.

»Nichts. Schlaf weiter.«
Dave rieb sich die Augen und fragte:
»Was ist Dad denn passiert?«
»Kommt! Ihr müßt ihn auf sein Bett tragen.«

9

Er blieb fünf Tage lang im Bett, und nur wenn er allein war, gestattete er sich zu lächeln. Einmal, als er sich hingesetzt und sich mit diesem Lächeln auf den Lippen im Spiegel betrachtet hatte, war ihm seine Ähnlichkeit mit Louisa aufgefallen.

Anfangs, als er das erste Mal die Augen wieder aufgemacht und auf dem Wecker gesehen hatte, daß es nach Mittag war, hatte er sich so geschämt, daß er die Augen wieder schloß und wieder einzuschlafen versuchte. Er hatte geschlafen, und als Nora ihm später Kaffee gebracht hatte, hatte er gestammelt:

»Entschuldige!«

Er hatte wie entschuldigend hinzugefügt:

»Meine Mutter ist gestorben.«

»Ich weiß. Ich habe das Krankenhaus in Oldbridge angerufen.«

»Ich bin krank, Nora.«

»Ich habe den Doktor angerufen, der dich um vier Uhr besuchen wird. Deshalb habe ich dich geweckt.«

Es stimmte, daß er krank war. Deswegen nahm man ihm nichts übel, und wenn man es ihm übelnahm, ließ man es ihn nicht merken und redete sanft mit ihm. Sein Puls ging unregelmäßig, bald schnell, bald langsam. Manchmal bekam er solche Krämpfe in der Herzgegend, daß er überzeugt war, sterben zu müssen.

Er hatte sich damit abgefunden. Vielleicht war es die beste Lösung. Er sah dem Tod heiter, beinahe vergnügt entgegen; er stellte sich die Einzelheiten bei der Beerdigung vor und das Benehmen jedes einzelnen hinter seinem Sarg. Ob sie es dann nicht bedauern würden, ihm eine letzte Befriedigung verweigert und ihm die Türen des Country Club nicht geöffnet zu haben?

In anderen Augenblicken, wenn die Tabletten, die Doktor Rodgers ihm verschrieben hatte, wirkten, fühlte er sich gut, waren Kopf und Körper betäubt, aber nicht so, daß er völlig das Bewußtsein verlor. Kurz, so hatte er es sich gewünscht, abgesehen von der Erniedrigung, von Florence und Dave ins Bett getragen worden zu sein.

»Wie bin ich nach Hause gekommen?« hatte er seine Frau gefragt.

»Du hast mit dem Auto vor der Tür gehalten und dich nicht mehr vom Fleck gerührt.«

»Hat man mich ins Haus gebracht? Wer?«

Sie hatte es ihm erzählt.

»Haben sie was gesagt?«

»Sie waren beeindruckt, ein bißchen erschreckt.«

»Florence auch?«

Es machte ihm Spaß, daß seine Älteste seinetwegen beunruhigt war.

»Weil ich nicht wußte, was geschehen war, habe ich in Oldbridge angerufen.«

Dank seinem Gesundheitszustand mußte er nicht mehr dorthin, um bei der Beerdigung seiner Mutter dabeizusein; darüber mußte er lächeln, als ob er Louisa so einen Streich gespielt hatte.

»Wie kommen sie im Supermarket zurecht?«

»Miss Carroll hat nach Hartfort telefoniert, und sie haben einen Ersatzmann geschickt.«

»Wen?«

»Ich erinnere mich nicht an seinen Namen.«

»Wie sieht er aus?«

»Ein kleiner Dunkler, ziemlich dick.«

»Das ist Patel. Ich kenne ihn.«

Es sah so aus, als sei sein Zustand ernst, denn Doktor Rodgers kam jeden Tag zweimal, um nach ihm zu sehen. Wenn Nora sie allein gelassen hätte, hätte er ihm sicher die Frage gestellt.

War es noch notwendig? Er hatte begriffen, daß man das nicht macht, daß es Dinge gibt, über die man besser nicht redet. Vielleicht hätte es den Doktor am Ende nur schockiert, der wahrscheinlich schon begriffen hatte.

Er hatte Zeit gehabt, Bilanz zu ziehen, in seinem Bett, vor allem, als die Kopfschmerzen und die Übelkeit der ersten beiden Tage ihn endlich nicht mehr quälten. Er hörte wie an den Sonntagen morgens die Geräusche im Haus, auf der Straße, in der Stadt, und dank dem Medikament, das er nahm, ergab das in seinem Kopf eine Art vertrauter Musik.

Die einzige Frage, die er dem Doktor stellte:

»Ist mein Herz noch in Ordnung?«

»Wenn Sie nicht wieder anfangen«, hatte ihm Rodgers geantwortet, ohne Strenge, ohne daß es als ein Vorwurf genommen werden konnte.

Nach und nach bezog sich dieser Satz in Higgins Gedanken nicht nur darauf, daß er getrunken hatte, sondern auf viele Dinge, so daß er zu verstehen glaubte, warum Bill Carney gegen ihn gestimmt hatte, und er ihm nicht böse war.

Es funktionierte noch nicht. Trotzdem war er sicher, auf dem richtigen Weg zu sein. Wenn er als Außenseiter angesehen wurde, um den Ausdruck aus seiner Kindheit zu gebrauchen, so weil er die Spielregeln nicht kannte. Denn auch das war ein Spiel. Er hatte es nicht bemerkt, weil er zu früh hatte beginnen müssen oder von zu weit unten kam, er, der Sohn von Louisa und dieser Kanaille von Higgins, wie seine Mutter spöttisch gesagt hatte.

Nun war aber das nicht ausschlaggebend. Wichtig war, sich den Spielregeln anzupassen, sicher; aber dabei zu wissen, daß es ein Spiel war, sonst machte man die anderen in ihrer Situation unmöglich.

War dies klar? Doktor Rodgers zum Beispiel glaubte sicher nicht an die Hälfte der Medikamente, die er verschrieb, und wußte ziemlich genau, wenn ein Patient, dem er gut zuredete, nicht einmal mehr einen Monat zu leben hatte. Er konnte es ihm nicht sagen. Er mußte Vertrauen erwecken. So wie Bill Carney gezwungen war, glaubhaft zu machen, daß er sich aus Aufopferung für die Gemeinde in den Senat von Hartford schicken ließ.

Selbst Oscar Blair, scheinbar so selbstsicher, war verpflichtet, ihnen allen als Sinnbild für Erfolg und Wohlstand zu erscheinen, während ihn in Wirklichkeit unlösbare Probleme bedrückten. Wenn er mit seiner Frau mit den vielen Funktionen einer Vorsitzenden glücklich gewesen wäre, hätte er nicht zu der dreimal geschiedenen Mrs. Lancaster laufen müssen, der er zwei Kinder gemacht hatte, die er nicht als seine anerkennen durfte. Was geschah, wenn er jeweils nach Hause kam? Was würde er später den Kindern erzählen? Warum trank er von morgens bis abends?

Higgins hatte seine Zeit gebraucht. Er war naiv gewesen. Und als er geglaubt hatte, endlich im Besitz einiger Wahrheiten zu sein, hatte er sich offen aufgelehnt.

Wollte er lieber wieder in die Mietskaserne seiner Kindheit zurück wie sein Exkamerad Rader? Beinahe wäre das geschehen, und er fröstelte noch bis ins Mark bei dem Gedanken daran.

Jetzt hatte er beschlossen, alles zu tun, was man von ihm verlangte, sogar sich zu entschuldigen wegen des Vorfalls im Rathaus. Die Tatsache, daß seine Mutter gestorben und er krank nach Williamson zurückgekommen war, würde die Dinge leichter machen. In der lokalen Wochenzeitung war am Mittwoch eine Meldung erschienen, in der stand, daß Mrs. Louisa Higgins, geborene Fuchs, *die Mutter unseres verehrten Mitbürgers Walter J. Higgins*, am Sonntag zuvor *an den Folgen eines Unfalls* in Oldbridge, New Jersey, verschieden sei und daß er selber wegen des Schocks an einer nervösen Depression leide.

Vielleicht wußte man bei der Zeitung, was es mit Louisa auf sich hatte. Sie hatten wahrscheinlich das Krankenhaus, vielleicht auch die Polizei angerufen. Sie hatten nicht das Bedürfnis, die Wahrheit zu drucken, eben weil sie die Spielregeln einhielten und sich auch in bezug auf ihn diskret verhielten.

Er war nicht stolz auf die Entscheidung, die er

getroffen hatte, und manchmal schämte er sich sogar deswegen. Das würde ihm wieder passieren und auch das: die Leere um sich zu spüren, einen bitteren Geschmack der Einsamkeit zu empfinden.

Es mußte sein. Das war der Preis, den er bezahlen mußte. Er hatte keine Wahl. Keiner kann wählen, und er war sicher, daß, wenn er Doktor Rodgers auf eine bestimmte Art anschaute, dieser begriff, daß er nicht mehr derselbe Higgins war. Es war ein bißchen so, als ob sich beide zugezwinkert hätten.

Nannte man das erwachsen werden? Wenn ja, war er bis zu seinem fünfundvierzigsten Lebensjahr ein Kind geblieben.

»Wie geht es dir, Dad?«

Sie kamen alle nacheinander, jeder zu einer anderen Zeit während des Tages, und besuchten ihn in seinem Zimmer. Isabel schaute ihn neugierig an, denn sie war es nicht gewohnt, daß er im Bett blieb.

»Tut dir etwas weh?«

»Nein.«

»Warum stehst du dann nicht auf?«

Archie kam nicht so oft hinauf wie die anderen, denn Krankheit, egal welche, beeindruckte ihn, wie ihn auch die Schwangerschaft seiner Mutter beeindruckte, sogar etwas ekelte.

Dave dagegen stellte sich noch keine Fragen, denn trotz seines männlichen Körperbaus blieb er ein Kind. Auch bei ihm würde das eines Tages eintreten. Ob ihm sein Vater das Rezept geben würde? Hätte er den Mut dazu? Wahrscheinlich nicht, denn er ahnte, daß jeder es selber herausfinden mußte.

Bei Florence hätte man meinen können, daß sie noch mißtrauisch abwartete. Sie merkte, daß sich bei ihrem Vater eine Veränderung angebahnt hatte, wollte aber erst mehr darüber erfahren, bevor sie sich eine Meinung bildete. Hatte sie ihn verachtet, weil er naiv, ein armer kleiner Junge geblieben war, der nichts begriff? Denn er war sicher, daß sie ihm gegenüber eine gewisse Verachtung empfand. Er nahm es ihr auch nicht übel, weil er erleichtert war, mit sich selber eine Art Frieden geschlossen zu haben.

»Hab es nicht zu eilig mit dem Aufstehen«, sagte Nora, als sie ihn vor seinem Bett stehen sah, »du brauchst deine Kräfte in der nächsten Woche.«

»Warum?«

»Miss Carroll ist mir nachgelaufen, als ich aus dem Laden ging. Es sieht so aus, als ob Montag oder Dienstag nicht nur Mr. Larsen, sondern auch Mr. Schwartz auf Besuch kommt, der ihn auf einer allgemeinen Rundreise zu den Filialen begleitet.«

»Ich werde dort sein.«

»Natürlich. Deshalb rate ich dir, dich bis dahin noch zu erholen.«

Mr. Schwartz war vielleicht ein Schuft. Er wußte es nicht. Es ging ihn nichts an. Was konnte ihm das anhaben?

Wenn Louisa wirklich versucht hatte, ihm ein Zeichen zu geben, so war sie gescheitert, denn er würde nie wieder in seinem Leben Hunger leiden, würde nie mehr den ekelhaften Geruch im Haus in der Thirty-second East einatmen, seine Frau und seine Kinder würden keine Not kennen ...

Und wenn ihn wieder Schwindel oder Abscheu ergreifen sollten, wer könnte ihn daran hindern, etwas zu trinken, wie er es einmal getan hatte und wie es die meisten anderen machten?

Er selbst wäre jetzt schockiert, wenn jemand von seinem Personal zum Beispiel . . .

Würde das im Grunde nicht bei Miss Carroll eintreten, die von dem neuen Higgins sicher enttäuscht wäre?

Er konnte es nicht ändern. Er würde nie wieder rückwärts gehen, und es war nicht ausgeschlossen, daß eines Tages, nachdem sie ihn eine Zeitlang beobachtet hatten, *sie*, Carney und Gesellschaft, es sein würden, die ihm den Eintritt in den Country Club antrugen.

»Du siehst besser aus«, bemerkte Nora.

»Ich fühle mich auch so gut wie noch nie.«

»Ich rede nicht nur vom körperlichen Zustand.«

»Ich auch nicht.«

Hatte sie begriffen? Es war unmöglich, ihr die Frage zu stellen. Er war noch nicht sicher, ob sie *mitmachte.*

»Jetzt kann ich dir ja gestehen, daß du mir Angst gemacht hast.«

»Ich mir auch.«

»Was meinst du damit?«

»Nichts.«

Er lächelte ihr zu, ein verheißungsvolles Lächeln.

»Du wirst sehen. Von nun geht alles gut.«

»Ich habe mich nie beklagt.«

»Ich weiß.«

»Ich vertraue dir, Walter. Ich habe dir immer vertraut.«

Wollte sie sagen, daß sie immer gewußt hatte, daß er ein Mensch wie die anderen werden würde?

In diesem Fall würde sie und auch Florence und jeder in Williamson zufrieden sein mit ihm – nicht zu vergessen Mr. Schwartz.

»Du bist der beste Mensch auf der Welt.«

Das, das war eine andere Frage, denn er mußte den Preis dafür bezahlen, wie jeder.

Aber das war allein seine Sache.

»La Gatounière«, Mougins (Alpes-Maritimes),
April 1955

Stanley G. Eskin

Simenon

Eine Biographie

Aus dem Amerikanischen
von Michael Mosblech

Stanley G. Eskins Biographie stützt sich auf Gespräche mit Simenon, mit Verwandten, Freunden, Verlegern des Autors sowie auf das riesige, erst bruchstückhaft erschlossene Material des Simenon-Archivs in Lüttich.

»Eskin erzählt so anschaulich, als habe er von dem Gegenstand seiner Studien die einfache, farbige, spannende Erzählweise gelernt.«
Frankfurter Allgemeine Zeitung

»Mit dem Index, den zahlreichen Anmerkungen, der vollständigen Bibliographie der Werke und der Verfilmungen wird dieser Band sicher die große umfassende Biographie des Schriftstellers werden. Eskin hält auch mit persönlichen Urteilen nicht zurück; sein Buch verdient daher Aufmerksamkeit und Hochachtung.«
Die Welt, Bonn

»Ich konnte nie glauben, daß Simenon wirklich existiert. Seine ungeheure Produktion, mein immer neues Staunen über die Vollkommenheit seiner Erzählungen, die psychologische Genauigkeit seiner unendlich vielen Figuren, die Eindrücklichkeit der Landschaftsbeschreibungen vermittelten mir stets das Bild eines hinreißenden Schriftstellers, das aber so ungreifbar und unbestimmt blieb wie etwa das Bild des Frühlings, des Meeres, das Bild von Weihnachten – Bilder, die man mit Vergnügen und unbewußtem Wohlbehagen in sich aufnimmt und erlebt, ohne daß sie imstande wären, die Begriffe in ihrer Dinghaftigkeit und Identität vollständig zu verkörpern.« *Federico Fellini*

»Mit Sicherheit das umfassendste Werk, das je über mich geschrieben wurde.« *Georges Simenon*

Georges Simenon im Diogenes Verlag

● Romane

Brief an meinen Richter
Roman. Deutsch von Hansjürgen Wille und Barbara Klau. detebe 20371

Der Schnee war schmutzig
Roman. Deutsch von Willi A. Koch
detebe 20372

Die grünen Fensterläden
Roman. Deutsch von Alfred Günther
detebe 20373

Im Falle eines Unfalls
Roman. Deutsch von Hansjürgen Wille und Barbara Klau. detebe 20374

Sonntag
Roman. Deutsch von Hansjürgen Wille und Barbara Klau. detebe 20375

Bellas Tod
Roman. Deutsch von Elisabeth Serelmann-Küchler. detebe 20376

Der Mann mit dem kleinen Hund
Roman. Deutsch von Stefanie Weiss
detebe 20377

Drei Zimmer in Manhattan
Roman. Deutsch von Linde Birk
detebe 20378

Die Großmutter
Roman. Deutsch von Linde Birk
detebe 20379

Der kleine Mann von Archangelsk
Roman. Deutsch von Alfred Kuoni
detebe 20584

Der große Bob
Roman. Deutsch von Linde Birk
detebe 20585

Die Wahrheit über Bébé Donge
Roman. Deutsch von Renate Nickel
detebe 20586

Tropenkoller
Roman. Deutsch von Annerose Melter
detebe 20673

Ankunft Allerheiligen
Roman. Deutsch von Eugen Helmlé
detebe 20674

Der Präsident
Roman. Deutsch von Renate Nickel
detebe 20675

Der kleine Heilige
Roman. Deutsch von Trude Fein
detebe 20676

Der Outlaw
Roman. Deutsch von Liselotte Julius
detebe 20677

Die Glocken von Bicêtre
Roman. Neu übersetzt von Angela von Hagen. detebe 20678

Der Verdächtige
Roman. Deutsch von Eugen Helmlé
detebe 20679

Die Verlobung des Monsieur Hire
Roman. Deutsch von Linde Birk
detebe 20681

Der Mörder
Roman. Deutsch von Lothar Baier
detebe 20682

Die Zeugen
Roman. Deutsch von Anneliese Botond
detebe 20683

Die Komplizen
Roman. Deutsch von Stefanie Weiss
detebe 20684

Der Ausbrecher
Roman. Deutsch von Erika Tophoven-Schöningh. detebe 20686

Wellenschlag
Roman. Deutsch von Eugen Helmlé
detebe 20687

Der Mann aus London
Roman. Deutsch von Stefanie Weiss
detebe 20813

Die Überlebenden der Télémaque
Roman. Deutsch von Hainer Kober
detebe 20814

Der Mann, der den Zügen nachsah
Roman. Deutsch von Walter Schürenberg
detebe 20815

Zum Weißen Roß
Roman. Deutsch von Trude Fein
detebe 20986

Der Tod des Auguste Mature
Roman. Deutsch von Anneliese Botond
detebe 20987

Die Fantome des Hutmachers
Roman. Deutsch von Eugen Helmlé
detebe 21001

Die Witwe Couderc
Roman. Deutsch von Hanns Grössel
detebe 21002

Schlußlichter
Roman. Deutsch von Stefanie Weiss
detebe 21010

Die schwarze Kugel
Roman. Deutsch von Renate Nickel
detebe 21011

Die Brüder Rico
Roman. Deutsch von Angela von Hagen
detebe 21020

Antoine und Julie
Roman. Deutsch von Eugen Helmlé
detebe 21047

Betty
Roman. Deutsch von Raymond Regh
detebe 21057

Die Tür
Roman. Deutsch von Linde Birk
detebe 21114

Der Neger
Roman. Deutsch von Linde Birk
detebe 21118

Das blaue Zimmer
Roman. Deutsch von Angela von Hagen
detebe 21121

Es gibt noch Haselnußsträucher
Roman. Deutsch von Angela von Hagen
detebe 21192

Der Bürgermeister von Furnes
Roman. Deutsch von Hanns Grössel
detebe 21209

Der Untermieter
Roman. Deutsch von Ralph Eue
detebe 21255

Das Testament Donadieu
Roman. Deutsch von Eugen Helmlé
detebe 21256

Die Leute gegenüber
Roman. Deutsch von Hans-Joachim Hartstein. detebe 21273

Weder ein noch aus
Roman. Deutsch von Elfriede Riegler
detebe 21304

Auf großer Fahrt
Roman. Deutsch von Angela von Hagen
detebe 21327

Der Bericht des Polizisten
Roman. Deutsch von Markus Jakob
detebe 21328

Die Zeit mit Anaïs
Roman. Deutsch von Ursula Vogel
detebe 21329

Der Passagier der Polarlys
Roman. Deutsch von Stefanie Weiss
detebe 21377

Die Katze
Roman. Deutsch von Angela von Hagen
detebe 21378

Die Schwarze von Panama
Roman. Deutsch von Ursula Vogel
detebe 21424

Das Gasthaus im Elsaß
Roman. Deutsch von Angela von Hagen
detebe 21425

Das Haus am Kanal
Roman. Deutsch von Ursula Vogel
detebe 21426

Der Zug
Roman. Deutsch von Trude Fein. detebe 21480

Striptease
Roman. Deutsch von Angela von Hagen
detebe 21481

45° im Schatten
Roman. Deutsch von Angela von Hagen
detebe 21482

Die Eisentreppe
Roman. Deutsch von Angela von Hagen
detebe 21557

Das Fenster der Rouets
Roman. Deutsch von Stefanie Weiss
detebe 21558

Die bösen Schwestern von Concarneau
Roman. Deutsch von Ingrid Altrichter
detebe 21559

Der Sohn Cardinaud
Roman. Deutsch von Linde Birk
detebe 21598

Der Zug aus Venedig
Roman. Deutsch von Liselotte Julius
detebe 21617

Weißer Mann mit Brille
Roman. Deutsch von Ursula Vogel
detebe 21635

Der Bananentourist
Roman. Deutsch von Barbara Heller
detebe 21679

Monsieur La Souris
Roman. Deutsch von Renate Heimbucher-Bengs. detebe 21681

Der Teddybär
Roman. Deutsch von Ingrid Altrichter
detebe 21682

Die Marie vom Hafen
Roman. Deutsch von Ursula Vogel
detebe 21683

Der reiche Mann
Roman. Deutsch von Stefanie Weiss
detebe 21753

»... die da dürstet«
Roman. Deutsch von Irène Kuhn
detebe 21773

Vor Gericht
Roman. Deutsch von Linde Birk. detebe 21786

Der Umzug
Roman. Deutsch von Barbara Heller
detebe 21797

Der fremde Vetter
Roman. Deutsch von Stefanie Weiss
detebe 21798

Das Begräbnis des Monsieur Bouvet
Roman. Deutsch von H.J. Solbrig
detebe 21799

Die schielende Marie
Roman. Deutsch von Eugen Helmlé
detebe 21800

Die Pitards
Roman. Deutsch von Ingrid Altrichter
detebe 21857

Das Gefängnis
Roman. Deutsch von Michael Mosblech
detebe 21858

Malétras zieht Bilanz
Roman. Deutsch von Irmgard Perfahl
detebe 21893

Das Haus am Quai Notre-Dame
Roman. Deutsch von Eugen Helmlé
detebe 21894

Der Neue
Roman. Deutsch von Ingrid Altrichter
detebe 21895

Die Erbschleicher
Roman. Deutsch von Renate Heimbucher-Bengs. detebe 21938

Die Selbstmörder
Roman. Deutsch von Linde Birk. detebe 21939

Tante Jeanne
Roman. Deutsch von Inge Giese. detebe 21940

Der Rückfall
Roman. Deutsch von Ursula Vogel
detebe 21941

Am Maultierpaß
Roman. Deutsch von Michael Mosblech
detebe 21942

Der Glaskäfig
Roman. Deutsch von Stefanie Weiss
detebe 22403

Das Schicksal der Malous
Roman. Deutsch von Günter Seib
detebe 22404

Der Uhrmacher von Everton
Roman. Deutsch von Ursula Vogel
detebe 22405

Das zweite Leben
Roman. Deutsch von Ingrid Altrichter
detebe 22406

Der Erpresser
Roman. Deutsch von Linde Birk
detebe 22407

Die Flucht des Monsieur Monde
Roman. Deutsch von Barbara Heller
detebe 22408

Der ältere Bruder
Roman. Deutsch von Ingrid Altrichter
detebe 22454

Doktor Bergelon
Roman. Deutsch von Günter Seib
detebe 22455

Die letzten Tage eines armen Mannes
Roman. Deutsch von Michael Mosblech
detebe 22456

Sackgasse
Roman. Deutsch von Stefanie Weiss und Richard K. Flesch. detebe 22457

Die Flucht der Flamen
Roman. Deutsch von Barbara Heller
detebe 22458

Die verschwundene Tochter
Roman. Deutsch von Renate Heimbucher
detebe 22459

Fremd im eigenen Haus
Roman. Deutsch von Gerda Scheffel
detebe 22473

Das Haus der sieben Mädchen
Roman. Deutsch von Helmut Kossodo
detebe 22501

Der Amateur
Roman. Deutsch von Helmut Kossodo
detebe 22502

Das Unheil
Roman. Deutsch von Josef Winiger
detebe 22503

Die verlorene Stute
Roman. Deutsch von Helmut Kossodo
detebe 22504

Der Witwer
Roman. Deutsch von Linde Birk
detebe 22505

Der Stammgast
Roman. Deutsch von Josef Winiger
detebe 22506

● Maigret-Romane und -Erzählungen

Weihnachten mit Maigret
Zwei Romane und eine Erzählung: Maigret und der Winhändler / Weihnachten mit Maigret / Maigret hat Skrupel. Deutsch von Hainer Kober, Hans-Joachim Hartstein und Ingrid Altrichter. Leinen

Maigrets erste Untersuchung
Roman. Deutsch von Roswitha Plancherel
detebe 20501

Maigret und Pietr der Lette
Roman. Deutsch von Wolfram Schäfer
detebe 20502

Maigret und die alte Dame
Roman. Deutsch von Renate Nickel
detebe 20503

Maigret und der Mann auf der Bank
Roman. Deutsch von Annerose Melter
detebe 20504

Maigret und der Minister
Roman. Deutsch von Annerose Melter
detebe 20505

Mein Freund Maigret
Roman. Deutsch von Annerose Melter
detebe 20506

Maigrets Memoiren
Roman. Deutsch von Roswitha Plancherel
detebe 20507

Maigret und die junge Tote
Roman. Deutsch von Raymond Regh
detebe 20508

Maigret amüsiert sich
Roman. Deutsch von Renate Nickel
detebe 20509

Hier irrt Maigret
Roman. Deutsch von Elfriede Riegler
detebe 20690

Maigret und der gelbe Hund
Roman. Deutsch von Raymond Regh
detebe 20691

Maigret vor dem Schwurgericht
Roman. Deutsch von Wolfram Schäfer
detebe 20692

Maigret als möblierter Herr
Roman. Deutsch von Wolfram Schäfer
detebe 20693

Madame Maigrets Freundin
Roman. Deutsch von Roswitha Plancherel
detebe 20713

Maigret kämpft um den Kopf eines Mannes
Roman. Deutsch von Roswitha Plancherel
detebe 20714

Maigret und die kopflose Leiche
Roman. Deutsch von Wolfram Schäfer
detebe 20715

Maigret und die widerspenstigen Zeugen
Roman. Deutsch von Wolfram Schäfer
detebe 20716

Maigret am Treffen der Neufundlandfahrer
Roman. Deutsch von Annerose Melter
detebe 20717

Maigret bei den Flamen
Roman. Deutsch von Claus Sprick
detebe 20718

Maigret und das Schattenspiel
Roman. Deutsch von Claus Sprick
detebe 20734

Maigret und die Keller des Majestic
Roman. Deutsch von Linde Birk
detebe 20735

Maigret contra Picpus
Roman. Deutsch von Hainer Kober
detebe 20736

Maigret läßt sich Zeit
Roman. Deutsch von Sibylle Powell
detebe 20755

Maigrets Geständnis
Roman. Deutsch von Roswitha Plancherel
detebe 20756

Maigret zögert
Roman. Deutsch von Annerose Melter
detebe 20757

Maigret und die Bohnenstange
Roman. Deutsch von Guy Montag
detebe 20808

Maigret und das Verbrechen in Holland
Roman. Deutsch von Renate Nickel
detebe 20809

Maigret und sein Toter
Roman. Deutsch von Elfriede Riegler
detebe 20810

Maigret, Lognon und die Gangster
Roman. Deutsch von Wolfram Schäfer
detebe 20812

Maigret und der Gehängte von Saint-Pholien
Roman. Deutsch von Sibylle Powell
detebe 20816

Maigret und der verstorbene Monsieur Gallet
Roman. Deutsch von Roswitha Plancherel
detebe 20817

Maigret und der Treidler der ›Providence‹
Roman. Deutsch von Claus Sprick
detebe 21029

Maigrets Nacht an der Kreuzung
Roman. Deutsch von Annerose Melter
detebe 21050

Maigret hat Angst
Roman. Deutsch von Elfriede Riegler
detebe 21062

Maigret gerät in Wut
Roman. Deutsch von Wolfram Schäfer
detebe 21113

Maigret verteidigt sich
Roman. Deutsch von Wolfram Schäfer
detebe 21117

Maigret erlebt eine Niederlage
Roman. Deutsch von Elfriede Riegler
detebe 21120

Maigret und der geheimnisvolle Kapitän
Roman. Deutsch von Annerose Melter
detebe 21180

Maigret und die alten Leute
Roman. Deutsch von Annerose Melter
detebe 21200

Maigret und das Dienstmädchen
Roman. Deutsch von Hainer Kober
detebe 21220

Maigret im Haus des Richters
Roman. Deutsch von Liselotte Julius
detebe 21238

Maigret und der Fall Nahour
Roman. Deutsch von Sibylle Powell
detebe 21250

Maigret und der Samstagsklient
Roman. Deutsch von Angelika Hildebrandt-Essig. detebe 21295

Maigret in New York
Roman. Deutsch von Bernhard Jolles
detebe 21308

Maigret und die Affäre Saint-Fiacre
Roman. Deutsch von Werner De Haas
detebe 21373

Sechs neue Fälle für Maigret
Erzählungen. Deutsch von Elfriede Riegler
detebe 21375

Maigret in der Liberty Bar
Roman. Deutsch von Angela von Hagen
detebe 21376

Maigret und der Spion
Roman. Deutsch von Hainer Kober
detebe 21427

Maigret und die kleine Landkneipe
Roman. Deutsch von Bernhard Jolles und Heide Bideau. detebe 21428

Maigret und der Verrückte von Bergerac
Roman. Deutsch von Hainer Kober
detebe 21429

Maigret, die Tänzerin und die Gräfin
Roman. Deutsch von Hainer Kober
detebe 21484

Maigret macht Ferien
Roman. Deutsch von Markus Jakob
detebe 21485

Maigret und der hartnäckigste Gast der Welt
Sechs Fälle für Maigret. Deutsch von Linde Birk und Ingrid Altrichter. detebe 21486

Maigret verliert eine Verehrerin
Roman. Deutsch von Ingrid Altrichter
detebe 21521

Maigret in Nöten
Roman. Deutsch von Markus Jakob
detebe 21522

Maigret und sein Rivale
Roman. Deutsch von Ingrid Altrichter
detebe 21523

Maigret und die schrecklichen Kinder
Roman. Deutsch von Paul Celan
detebe 21574

Maigret und sein Jugendfreund
Roman. Deutsch von Markus Jakob
detebe 21575

Maigret und sein Revolver
Roman. Deutsch von Ingrid Altrichter
detebe 21576

Maigret auf Reisen
Roman. Deutsch von Ingrid Altrichter
detebe 21593

Maigret und die braven Leute
Roman. Deutsch von Ingrid Altrichter
detebe 21615

Maigret und der faule Dieb
Roman. Deutsch von Stefanie Weiss
detebe 21629

Maigret und die verrückte Witwe
Roman. Deutsch von Michael Mosblech
detebe 21680

Maigret und sein Neffe
Roman. Deutsch von Ingrid Altrichter
detebe 21684

Maigret und Stan der Killer
Vier Fälle für Maigret. Deutsch von Inge Giese und Eva Schönfeld. detebe 21741

Maigret und das Gespenst
Roman. Deutsch von Barbara Heller
detebe 21760

Maigret in Kur
Roman. Deutsch von Irène Kuhn
detebe 21770

Madame Maigrets Liebhaber
Vier Fälle für Maigret. Deutsch von Ingrid Altrichter, Inge Giese und Josef Winiger
detebe 21791

Maigret und der Clochard
Roman. Deutsch von Josef Winiger
detebe 21801

Maigret und Monsieur Charles
Roman. Deutsch von Renate Heimbucher-Bengs. detebe 21802

Maigret und der Spitzel
Roman. Deutsch von Inge Giese. detebe 21803

Maigret und der einsame Mann
Roman. Deutsch von Ursula Vogel
detebe 21804

Maigret und der Messerstecher
Roman. Deutsch von Josef Winiger
detebe 21805

Maigret hat Skrupel
Roman. Deutsch von Ingrid Altrichter
detebe 21806

Maigret in Künstlerkreisen
Roman. Deutsch von Ursula Vogel
detebe 21871

Maigret und der Weinhändler
Roman. Deutsch von Hainer Kober
detebe 21872

Maigret in Arizona
Roman. Deutsch von Wolfram Schäfer
detebe 22474

● Erzählungen

Der kleine Doktor
Erzählungen. Deutsch von Hansjürgen Wille und Barbara Klau. detebe 21025

Emil und sein Schiff
Erzählungen. Deutsch von Angela von Hagen. detebe 21318

Die schwanzlosen Schweinchen
Erzählungen. Deutsch von Linde Birk
detebe 21284

Exotische Novellen
Deutsch von Annerose Melter. detebe 21285

Meistererzählungen
Deutsch von Wolfram Schäfer u.a.
detebe 21620

Die beiden Alten in Cherbourg
Erzählungen. Deutsch von Inge Giese und Reinhard Tiffert. detebe 21943

● Reportagen

Die Pfeife Kleopatras
Reportagen aus aller Welt. Deutsch von Guy Montag. detebe 21223

Zahltag in einer Bank
Reportagen aus Frankreich. Deutsch von Guy Montag. detebe 21224

● Biographisches

Intime Memoiren und Das Buch von Marie-Jo
Aus dem Französischen von Hans-Joachim Hartstein, Claus Sprick, Guy Montag und Linde Birk. detebe 21216

Stammbaum
Pedigree. Autobiographischer Roman
Deutsch von Hans-Joachim Hartstein
detebe 21217

Simenon auf der Couch
Fünf Ärzte verhören den Autor sieben Stunden lang. Deutsch von Irène Kuhn
Mit einer Bibliographie und Filmographie und 43 Abbildungen. detebe 21658

Außerdem liegen vor:

Stanley G. Eskin
Simenon
Eine Biographie. Mit zahlreichen bisher unveröffentlichten Fotos, Lebenschronik, Bibliographie, ausführlicher Filmographie, Anmerkungen, Namen- und Werkregister. Aus dem Amerikanischen von Michael Mosblech
Leinen

Über Simenon
Zeugnisse und Essays von Patricia Highsmith bis Alfred Andersch. Mit einem Interview, mit Chronik und Bibliographie. Herausgegeben von Claudia Schmölders und Christian Strich. detebe 20499

Das Simenon Lesebuch
Erzählungen, Reportagen, Erinnerungen
Herausgegeben von Daniel Keel
detebe 20500

Raymond Chandler im Diogenes Verlag

Der große Schlaf
Roman. Aus dem Amerikanischen von Gunar Ortlepp. detebe 20132

Die kleine Schwester
Roman. Deutsch von Walter E. Richartz
detebe 20206

Der lange Abschied
Roman. Deutsch von Hans Wollschläger
detebe 20207

Das hohe Fenster
Roman. Deutsch von Urs Widmer
detebe 20208

Die simple Kunst des Mordes
Briefe, Essays, Notizen. Herausgegeben von Dorothy Gardiner und Kathrine Sorley Walker. Deutsch von Hans Wollschläger
detebe 20209

Die Tote im See
Roman. Deutsch von Hellmuth Karasek
detebe 20311

Lebwohl, mein Liebling
Roman. Deutsch von Wulf Teichmann
detebe 20312

Playback
Roman. Deutsch von Wulf Teichmann
detebe 20313

Mord im Regen
Frühe Stories. Vorwort von Philip Durham. Deutsch von Hans Wollschläger
detebe 20314

Erpresser schießen nicht
Gesammelte Detektivstories I. detebe 20751

Der König in Gelb
Gesammelte Detektivstories II. detebe 20752

Gefahr ist mein Geschäft
Gesammelte Detektivstories III. detebe 20753
Alle drei Bände deutsch von Hans Wollschläger

Englischer Sommer
Geschichten, Parodien, Sprüche, Essays. Mit einem Vorwort von Patricia Highsmith, Zeichnungen von Edward Gorey und einer Erinnerung an den Drehbuchautor Chandler von John Houseman. Deutsch von Hans Wollschläger, Wulf Teichmann u.a.
detebe 20754

Meistererzählungen
Deutsch von Hans Wollschläger
detebe 21619

Außerdem liegt vor:

Frank MacShane
Raymond Chandler
Eine Biographie
Mit vielen Fotos. Deutsch von Christa Hotz, Alfred Probst und Wulf Teichmann
detebe 20960

Dashiell Hammett im Diogenes Verlag

Der Malteser Falke
Roman. Aus dem Amerikanischen von Peter Naujack. detebe 20131

Rote Ernte
Roman. Deutsch von Gunar Ortlepp detebe 20292

Der Fluch des Hauses Dain
Roman. Deutsch von Wulf Teichmann detebe 20293

Der gläserne Schlüssel
Roman. Deutsch von Hans Wollschläger detebe 20294

Der dünne Mann
Roman. Deutsch von Tom Knoth detebe 20295

Fliegenpapier
Detektivstories I. Deutsch von Harry Rowohlt, Helmut Kossodo, Helmut Degner, Peter Naujack und Elizabeth Gilbert. Vorwort von Lillian Hellman. detebe 20911

Fracht für China
Detektivstories II. Deutsch von Elizabeth Gilbert, Antje Friedrichs und Walter E. Richartz. detebe 20912

Das große Umlegen
Detektivstories III. Deutsch von Walter E. Richartz, Hellmuth Karasek und Wulf Teichmann. detebe 20913

Das Haus in der Turk Street
Detektivstories IV. Deutsch von Wulf Teichmann. detebe 20914

Das Dingsbums Küken
Detektivstories V. Deutsch von Wulf Teichmann. Nachwort von Prof. Steven Marcus. detebe 20915

Meistererzählungen
Ausgewählt von William Matheson. Deutsch von Wulf Teichmann, Walter E. Richartz und Elizabeth Gilbert. detebe 21722

Außerdem liegt vor:

Diane Johnson
Dashiell Hammett
Eine Biographie. Aus dem Amerikanischen von Nikolaus Stingl. Mit zahlreichen Abbildungen. detebe 21618